Chris Heimerdinger
Der Weihnachtszwilling

Zu diesem Buch

Seit er denken kann, fällt Weihnachten für den kleinen Artemus ins Wasser. Während die anderen Kinder ausgelassen um wunderbare Christbäume toben dürfen, muß er mit seiner Familie ans Grab seines Zwillingsbruders gehen, der an einem Weihnachtstag gestorben ist. Und auch sein eigener Geburtstag ein paar Tage davor ist die reine Trauerveranstaltung – denn es ist natürlich auch der Geburtstag des toten Zwillingsbruders. Aber Weihnachten wäre nicht Weihnachten, würde das in alle Ewigkeit so bleiben. Als Artemus sich vor einem Supermarkt mit einem anderen Jungen prügelt, kommt es zu unerwarteten Ereignissen. – Chris Heimerdinger erzählt in »Der Weihnachtszwilling« eine packende, turbulente und ganz heutige Geschichte, in der die erstarrte Not und Trauer dieser Familie eine Wende nimmt, die wie ein Weihnachtswunder wirkt, tatsächlich aber von der Kraft der Liebe getragen ist.

Chris Heimerdinger schrieb seine erste Geschichte mit zehn Jahren. Er ist Autor verschiedener Abenteuer- und Fantasy-Romane und lebt mit seiner Frau und drei Kindern in Utah, USA.

Chris Heimerdinger

Der Weihnachtszwilling

Eine Geschichte

Aus dem Amerikanischen von
Chris Hirte

Piper München Zürich

Für Matthew.
Und für seine Retter, seine neuen Eltern,
Michael und Jeannette Watson

Deutsche Erstausgabe
1. Auflage November 1998
3. Auflage November 1999

Titel der amerikanischen Originalausgabe:
»A Return to Christmas«, Ballantine Books, New York 1996

Umschlag: Büro Hamburg
Stefanie Oberbeck, Katrin Hoffmann
Foto Umschlagvorderseite: The Stock Market/Ariel Skelley
Gesamtherstellung: Clausen & Bosse, Leck
Printed in Germany ISBN 3-492-22682-5

1

Mißmutig schaute Artemus den Schneeflocken zu, die eine nach der anderen auf der Frontscheibe des Lexus LS-400 landeten. Jedes der makellosen sechszackigen Gebilde blieb einen Moment liegen, bis die Wärme im Inneren des Wagens es zu einem Wassertröpfchen zerschmolz, das dann träge nach unten floß. Typisch, dachte er. Alles, was schön ist, geht den Bach runter.

Mrs. Livermore, seine Lehrerin in der vierten Klasse, hatte ihm einmal erzählt, es gäbe keine zwei absolut identischen Schneekristalle. Wenn es nach ihr ging, dann waren die hundert Flocken, die auf der Scheibe landeten, die tausend Flocken, die gerade auf dem winterlichen Rasen des Friedhofs aufsetzten, und sogar die Millionen Flokken, die Jahr für Jahr auf sämtliche Berge und Felder der Welt niedergingen, allesamt einzigartig, und es gab keine zwei, die sich völlig glichen.

So ein Quatsch, dachte Artemus. Wer machte sich schon die Mühe, so viele Schneeflocken zu vergleichen, um das wirklich behaupten zu können? Wer würde auch nur soweit gehen, alle Schneeflocken einer einzigen Schneewehe nach einem einzigen Schneesturm zu vergleichen? Und wenn irgendwo in Sibirien eine Schneeflocke genauso aussah wie die, die gerade vor ihm auf der Scheibe zerschmolz, wie sollte das jemals einer feststellen können?

Durch die Frontscheibe sah er den Vater, die Mutter und seine Schwester Amber, die noch immer am Grab standen. Es war ein hoher Grabstein, echter Marmor – für den Sohn von Jordan und Charlotte Holiday nur das Allerbeste. Vom Auto aus konnte Artemus die Inschrift gerade so entziffern: »Andrew Chester Holiday, geb. 20. Dezember 1984, gest. 25. Dezember 1987.« Andrew war drei gewesen. Genau drei Jahre und fünf Tage.

Liebevoll arrangierte die Mutter die Gardenienblüten am Sockel des Grabsteins. Wenn ich tot bin, dachte Artemus, legt mir hoffentlich niemand Gardenien aufs Grab. Diese seidigweißen Blüten waren doch höchstens was für Mädchen. Ob sein Zwillingsbruder Andrew das auch fand? Das heißt, wenn er am Leben wäre.

Der Vater und die Mutter hatten die Gardenien nicht ohne Grund mitgebracht. Als Andrew zweieinhalb war, hatte er unbedingt die Gardenie für sich haben wollen, die sich seine Mutter bei einem Empfang ans Kleid geheftet hatte. Zwei Tage lang schleppte er die zarte Blüte mit sich herum und vergrub die Nase in ihrem wachsigen Weiß. Als die Blütenblätter braun wurden und abfielen, war Andrew untröstlich. Mit Tränen in den Augen streckte er der Mutter das zerknautschte Etwas entgegen: »Mommy, heilmachen!«

Aber das konnte Charlotte nicht. Und ihren kleinen Sohn konnte sie auch nicht zurückholen, nachdem er im Alter von drei Jahren von ihnen gegangen war und nun in seinem Kindersarg dort unten in der Friedhofserde von Salt Lake City ruhte. Nie wieder würde sie ihn drücken, küssen, in den Schlaf singen. Nach Andrews Tod nahm sich Charlotte vor, daß ihr Sohn niemals lange auf den süßen Duft seiner Lieblingsblume verzichten sollte. Acht Jahre lang hatte sie ihm jeden vierten Sonntag die weißen Gardenien ans Grab gebracht und es nicht ein einziges Mal vergessen.

Aber heute war nicht Sonntag. Es war Mittwoch, der 20. Dezember – Andrews Geburtstag. Heute wäre er elf Jahre alt geworden. Daher wurde der Sockel des Grabsteins mit elf Gardenienblüten geschmückt.

Die Blumen hatten über hundertfünfzig Dollar gekostet, aber Artemus wußte, daß eine solche Ausgabe kein großes Opfer für seine Eltern bedeutete. Der Vater hatte als Software-Entwickler für das Bankgewerbe ein Vermögen verdient. Doch obwohl sie in einem komfortablen Haus am Osthang des Großen Salzsees wohnten und auch sonst mit allem versehen waren, was finanzieller Erfolg mit sich brachte, hätte Artemus seine Familie nicht als glücklich bezeichnen können. Besonders jetzt zu Winteranfang nicht, wenn überall bei den Nachbarn die bunten Lichterketten leuchteten, wenn die Luft erfüllt war von Weihnachtsliedern, wenn die Erinnerungen an jenen Schreckenstag in allen Einzelheiten lebendig wurden.

Artemus haßte diese Jahreszeit. Seit acht Jahren wurde bei ihnen in diesen Tagen nichts gefeiert, sondern nur der Wiederkehr des Tages gedacht, an dem er seinen einzigen Bruder verloren hatte. Alle anderen Erinnerungen an die ersten drei Lebensjahre waren verblaßt, doch das Bild von Andrew blieb ihm erhalten. Die beiden waren unzertrennlich gewesen, verbunden durch ein magisches Band, das es nur zwischen Zwillingen gibt. Wenn Andrew lachte, lachte Artemus auch. Wenn er weinte, stimmte Artemus mit ein. Jahrelang litt Artemus darunter, daß sein Bruder sich ohne ihn davongemacht hatte.

Als Andrew starb, verlor Artemus mehr als einen Bruder, er verlor auch das ganze Weihnachtsfest, und jeder Tag des Monats Dezember war ihm verdorben. Seit acht Jahren – fast so lange, wie er lebte – war der Dezember überschattet von Kummer, Trübsal und Friedhofsbesuchen. Jawohl, er haßte diese Jahreszeit. Er haßte sie aus ganzer Seele.

Im Autoradio erklangen die ersten Takte von »O Little Town of Bethlehem«. Als er gerade einen anderen Sender suchte, sah er seine Schwester Amber zum Auto zurückkommen. Amber war zwei Jahre älter als Artemus, und sie ließ keine Gelegenheit aus, ihn das spüren zu lassen. Die Eltern blieben noch ein wenig am Grab allein. Mom vergrub das Gesicht an Dads Schulter. Es war die übliche Szene. Artemus schaute weg, es packte ihn wieder der alte Drang zum Abhauen. Wenn er nur wegkönnte. Irgendwohin. Weg aus dieser Stadt, für immer weg von dieser Familie. Es mußte einen Ort geben, wo der Schmerz, die Schuld und die schrecklichen Erinnerungen keine Macht mehr hatten und ihn nicht dauernd einholen würden.

Amber stieg hinten ein und schlug die Wagentür zu. »Ich hoffe, dir ist klar, daß du die Gefühle von Mom und Dad verletzt«, giftete sie. »Ist es etwa zuviel verlangt, daß du dableibst und mithilfst, die Gardenien hinzulegen?«

Artemus ließ das ein wenig nachwirken. Dann sagte er fast tonlos: »Keiner scheint daran zu denken, daß heute auch *mein* Geburtstag ist.«

Er hatte jetzt den Rock'n'Roll-Kanal gefunden.

2

Der elfjährige Chess Folsom duckte sich hinter die Abfallcontainer am Rand des Parks. Schon seit Minuten beobachtete er den Mann, der auf der Bank bei den Schaukeln saß. Was er sah, gefiel ihm gar nicht. Der Mann las in aller Ruhe die Zeitung, und seine kleine Tochter tummelte sich allein auf der Rutschbahn. Der Mann hatte sehr wohl mitbekommen, daß sie schaukeln wollte und ihn zum Anschubsen brauchte. »Gleich«, hatte er gesagt, ohne auch nur aufzublicken.

Jetzt war sie schon zwölfmal die Rutschbahn hinunter. Ihr Vater schaute nicht einmal hin. Ab und zu blickte sie zu ihm hinüber, ob er ihr irgendeine Anerkennung, eine Aufmerksamkeit gönnte. Aber nichts dergleichen.

Chess schüttelte den Kopf. Ein solches Benehmen kam ihm gerade zupaß, um zu rechtfertigen, was gleich geschehen würde.

Endlich tauchte Onkel Boone am anderen Ende des Parks auf. In den Händen hielt er ein grünes Veloursschächtelchen. Boone näherte sich dem Spielplatz. Ein paar Schneeflocken waren gefallen, und der Himmel sah aus, als wäre noch mehr zu erwarten. Deshalb hatte sich der Park bis auf wenige Menschen geleert. Aber aus Erfahrung wußte Chess, daß es so besser laufen würde. Er verfolgte, wie Boone von einem zum anderen ging und dann auf den Mann mit der Zeitung zusteuerte. Chess spitzte die Ohren, um mitzukriegen, was Boone zu den

Leuten sagte, obwohl das eigentlich nicht nötig war. Er hatte dem Onkel so oft zugeschaut, daß er ihm die Worte vom Munde ablesen konnte.

»Haben Sie zufällig meinen diamantenen Verlobungsring gesehen?« fragte er immer mit einer Stimme hart am Rand der Verzweiflung. »Oder vielleicht Ihre Kinder? Ich war vorhin mit meiner Verlobten hier, und irgendwie ist er mir abhanden gekommen.«

Die Leute schüttelten dann den Kopf, drückten ihr Mitgefühl aus und erbaten nähere Angaben. Boone beschrieb ihnen den Ring und stellte ihnen eine stattliche Belohnung in Aussicht. Er übergab ihnen seine Visitenkarte und schrieb noch eine örtliche Telefonnummer dazu, unter der er angeblich zu erreichen war. Die Kinder begannen sofort im Sand und im Gras zu suchen. Manchmal auch die Erwachsenen, aber Chess wußte, daß sich die meisten zu schade waren, auf allen vieren umherzukriechen, selbst wenn ihnen eine stattliche Belohnung winkte.

Es gehörte zu Boones Taktik, daß er erst andere Leute in Hörweite seines eigentlichen Opfers ansprach – und das war der Mann mit der Zeitung, vor dem er jetzt stehenblieb.

»Entschuldigen Sie«, sagte Boone.

Der Mann ließ die Zeitung sinken, dabei hatte er, wie Chess wußte, schon mehrere Male aufgeblickt, um zu sehen, was da los war.

»Tut mir leid, wenn ich Sie störe«, sagte Boone, »aber haben Sie vielleicht ...«

Der Mann unterbrach ihn. »Hab's schon mitgekriegt. Wo genau haben Sie denn den Ring verloren?«

»Eigentlich saß ich hier auf dieser Bank«, sagte Boone. »Aber wahrscheinlich hab ich ihn schon vorher verloren. Ich hab überall gesucht. Der Diamant ist mit Rubinen eingefaßt, und auf dem Gold sind Ätzgravuren. Ich biete eine Belohnung von siebenhundertfünfzig Dollar.«

»Das muß ja ein teurer Ring gewesen sein«, sagte der Mann.

Boone tat, als hätte er die Bemerkung überhört, und machte damit noch deutlicher, daß der Mann mit seiner Vermutung richtig lag. Er schrieb eine Telefonnummer auf die Visitenkarte.

»Das ist meine Adresse in Florida, aber unter dieser Nummer halte ich mich in den nächsten Tagen noch hier auf. Wenn Sie oder Ihr Kind den Ring zufällig finden, rufen Sie mich doch bitte an. Ich bitte Sie darum! Ich bin völlig verzweifelt!«

Ein perfekter Auftritt, wie immer. Während sich Boone durch den Park entfernte, blickte ihm der Mann ein paarmal nach. Dann, als Boone hinter einer Baumgruppe verschwunden war, schaute er im Gras unter der Bank nach. Aber nur einmal. Er kehrte zu seiner Zeitungslektüre zurück, weil er die Chance, den Ring zu finden, für astronomisch gering hielt. Hatte doch schon der Eigentümer selbst vergeblich nach ihm gesucht.

Seine Tochter wollte wieder schaukeln und von ihm angeschubst werden. Er lenkte ab, indem er ihr vorschlug, nach dem »Ring von diesem Mann« zu suchen. Enttäuscht wandte sie sich der Rutsche zu.

Jetzt war die Zeit für Chess gekommen. Daß auch ein Mädchen dabei war, brachte ihn auf eine Idee. Normalerweise lag seine Erfolgsrate bei fifty-fifty. Die Kleine konnte seine Chancen verbessern. Ganz locker schlenderte er auf sie zu, wie ein Elfjähriger eben, und einen Teil des Weges kickte er sogar eine Getränkedose vor sich her. Auf dem Spielplatz angelangt, kletterte er auf die Rutsche. Das Mädchen war schon oben und zeigte wenig Lust hinunterzurutschen. Aber das Auftauchen von Chess setzte sie in Bewegung, und Chess rutschte nach ihr hinab.

Unten angekommen, fragte er sie: »Willst du schaukeln? Ich schieb dich an.«

Ihr Gesicht leuchtete auf.

Chess richtete es so ein, daß sie sich in die Schaukel direkt gegenüber der Bank ihres Vaters setzte.

»Er will mich anschubsen, Daddy«, sagte das kleine Mädchen.

»Das ist wirklich nett von ihm.« Der Mann lächelte Chess zu und war dankbar, daß er ungestört die Sportseite fertiglesen konnte.

»Ich hab eine kleine Schwester«, sagte Chess zu dem Mann, dann setzte er eine Trauermiene auf. »Das heißt, ich hatte eine.« Er drehte sich langsam weg und schob die Schaukel an. War er mit der letzten Bemerkung ein bißchen zu weit gegangen? Lieber auf dem Teppich bleiben, dachte er.

Die Wahrheit war, daß Chess nicht wußte, ob er eine Schwester hatte. Er war sich nicht einmal sicher, ob er einen Vater hatte, obwohl das biologisch betrachtet keine Frage war. Seinen richtigen Vater hatte er nie gekannt, und mit seiner Mutter verband er nur vage Erinnerungen. Aufgewachsen war er bei einer Reihe von Pflegeeltern, die ihn zumeist schon nach ein paar Wochen an die Fürsorge zurückgegeben hatten. Er bekam das Etikett »schwererziehbar« verpaßt. Für Chess bedeutete das nur eins: Es war wohl zu schwierig, ihn zu lieben.

Der einzige Verwandte, von dem die Behörden wußten, war Boone Folsom. Chess fand das heraus, nachdem er seine Akte geklaut hatte. Aber Boone war ein lockerer Vogel mit einem langen Vorstrafenregister – als Pflegevater jedenfalls ungeeignet. Vor achtzehn Monaten war Chess aus einem Durchgangsheim in Tallahassee abgehauen. Nach einer zweiwöchigen Tramptour, auf der er sich vom Klau ernährte, blieb er schließlich bei seinem Onkel hängen.

Chess hatte schon angenehmere Menschen getroffen als seinen Onkel Boone, der in einer Absteige in Jacksonville hauste. Boone konnte sogar ziemlich eklig werden. Er hatte ihn Dinge tun sehen, die unfaßbar schrecklich waren, so schrecklich, daß es keine Worte dafür gab. Chess verbannte das aber aus seinem Bewußtsein, so gut es ging. Wenn man ihn fragte, war das ganze Leben sowieso nur eine Abfolge von Schrecklichkeiten. Doch Boone – das war das Wichtige – bedeutete *Familie*. Und dieses Wort hatte für Chess einen heiligen Klang. Boone war auch der erste Mensch, der ihm etwas Nützliches beigebracht hatte. Außerdem verdankte er ihm den Rufnamen Chess, und der war tausendmal besser als sein richtiger Name Lawrence.

»Höher!« schrie das kleine Mädchen, »höher!« Chess gab der Schaukel neuen Schwung.

Der Vater faltete die Zeitung zusammen. »Genug jetzt, Madame. Sag danke zu dem Jungen, und dann gehen wir.«

Jetzt muß ich ran! dachte Chess.

»He, willst du mal was Schönes sehen?« fragte er das Mädchen, nachdem er die Schaukel gestoppt hatte.

»Au ja!«

Chess griff in die Tasche und brachte einen Ring zum Vorschein – offenbar einen Goldring mit einem großen Diamanten, der mit vielen kleinen Rubinen eingefaßt war. »Ooooh!« staunte das Mädchen.

Der Vater kam dazu. »Wo hast du das her, Junge?«

»Gefunden«, sagte Chess. »Da drüben am Container. Lag einfach so im Gras.«

»Darf ich mal sehen?«

Chess schloß die Faust fest über dem Ring, wich einen Schritt zurück und schüttelte den Kopf. »Ich hab ihn gefunden. Kann sein, daß er echt ist. Ich zeig ihn meinem Bruder, vielleicht verkaufen wir ihn.«

»Hast du denn nicht mitgekriegt, daß ein Mann nach diesem Ring fragte?«

»Nach *diesem* hier? Glaub ich nicht. Das ist *meiner.*«

»Er hat einen Finderlohn versprochen.«

»Wirklich?« Chess änderte seine Miene. »Wieviel?«

Ein wenig stockend sagte der Mann: »Fünfzig Dollar.«

»Fünfzig Mäuse! Wirklich wahr? Wo ist er denn?« Chess hielt eifrig Ausschau nach Boone.

»Jetzt ist er weg«, sagte der Mann. »Aber zufällig weiß ich, wie man ihn erreicht. Er ist nämlich ein Bekannter von mir.«

»Echt? Und für das hier bietet er fünfzig Dollar?«

»Paß auf, ich mach dir einen Vorschlag. Ich gebe dir die fünfzig Dollar sofort, und dann hole ich sie mir von ihm zurück.«

Chess biß sich nachdenklich auf die Lippen. »Hmmm, weiß nicht. Wenn der Ring echt ist, ist er wahrscheinlich viel mehr wert als fünfzig Dollar.«

Der Mann wurde ungehalten und machte einen Schritt auf ihn zu. Chess ging weiter auf Abstand, damit er notfalls sofort losrennen konnte. Schneller als dieser Trottel war er mit Sicherheit. Darauf achteten er und Boone immer, wenn sie sich ein Opfer aussuchten.

Der Mann lenkte ein. »Na gut, hör zu: Ich gebe dir hundert. Mein Bekannter gibt mir die sicher zurück, wenn ich ihm die Umstände erkläre.«

Chess nahm sich Bedenkzeit. »Sie wollen mir wirklich hundert Mäuse dafür geben?«

Der Mann griff nach der Brieftasche. Er zählte ein paar Zehner- und Zwanzigerscheine ab, dann stockte er. »Ich hab nur siebzig dabei, Junge. Die geb ich dir, dann sind wir quitt, okay?«

»Sie sagten hundert.«

Der Mann ärgerte sich. »Ich *habe* aber keine hundert. Wie wär's mit einem Scheck? Den kann dein Vater für dich einlösen.«

Als er diesen nutzlosen Vorschlag hörte, gab Chess seine Vorsicht auf. Seit Des Moines wußte er, daß er höllisch aufpassen mußte. Da hatte ihn der Typ gepackt, ihm den Ring abgenommen und dazu noch ins Gesicht geschlagen.

Chess schaute erst auf die Scheine, dann hoch zu dem Mann. »Bringen Sie mir den Rest später, wenn ich Ihnen sage, wo ich wohne?«

Der Mann grinste. »Na klar. Sag mir einfach, wo du wohnst.« Er hielt Chess die Scheine hin.

Chess schnappte sie und drückte ihm den Ring in die Hand. »Ich wohne in dieser Straße da hinten. Das zweite Haus links.« Im Rennen verstaute er die Scheine in der Hosentasche.

Fünf Minuten später war er auf dem verabredeten Parkplatz. Der 82er Buick Skylark wartete mit laufendem Motor. Chess stieg ein.

»Wie war es?« fragte Boone beim Ausparken.

»Nicht aufregend«, sagte Chess. »Der Typ steht bestimmt gerade in der Telefonzelle und ruft die falsche Nummer an.« Er zog das Geld aus der Tasche. »Siebzig Mäuse.«

»*Siebzig*?« Boone langte hinüber und knallte ihm eine. »Was hab ich dir gesagt? Nicht unter *hundert*!« Er stopfte die Scheine in die Tasche.

Chess krümmte sich im Sitz und hielt sich das schmerzende Ohr. »Er hatte aber keine hundert!«

»Wenn ich hundert sage, dann bringst du gefälligst auch hundert! Klar?«

»Der Ring hat doch sowieso nur zwei Dollar gekostet. Was sollte ich denn machen? Einen Scheck annehmen?«

»Wenn er ihn angeboten hat, hättest du ihn nehmen sollen.«

»Aber du sagst immer, je schneller wir zugreifen und weg sind, um so ...«

»Kapierst du nicht, Chess? Wir sind *pleite*! Und wir haben nur noch vier Ringe.«

Chess zog die Stirn kraus. »Gestern abend hatten wir noch dreihundert Dollar. Was ist mit denen passiert?«

»Die sind weg«, sagte Boone.

»Verloren?«

»Jawohl, verloren hab ich sie!« schnauzte er.

»Du bist in diese Bar gegangen, oder? Gestern abend in Evanston. Du hast gesagt, das wäre *unser* Geld, Boone, und wir wären ein Team.«

Boone holte erneut aus. Chess hob den Arm, um den Schlag abzufangen. Das war die einzige Gegenwehr, die er sich erlauben durfte. Sonst wäre das Echo noch viel schlimmer geworden. Zum Glück blieb der Schlag aus.

»Dir bin ich keine Rechenschaft schuldig!« erklärte Boone. »Ich hab versucht, mehr Geld draus zu machen. Für *uns beide*! Es hat nur nicht geklappt.«

Chess setzte sich wieder gerade. »Schon gut. Suchen wir uns den nächsten Park.«

»Spinnst du?« rief Boone. »Guck dir den Himmel an! Ein paar Stunden noch, und die ganze Stadt ist eingeschneit. Und kein Mensch mehr in den Parks.«

»Was wird mit der Jacke?« fragte Chess kleinlaut. »Du

hast gesagt, vom nächsten Gewinn darf ich mir eine Jacke kaufen und ein neues Paar...«

»Du hörst mir nicht zu«, sagte Boone. »Mit dem, was wir haben, kommen wir gerade noch bis Las Vegas. Und wozu brauchst du eine Jacke in Las Vegas?«

»Aber du hast es versprochen!« beharrte Chess. »Du hast gesagt, egal was passiert...«

Boone ging in die Luft. »Gar nichts gibt's! Damit du endlich mal kapierst! Du willst also eine Jacke? Und Schuhe auch? Dann hol sie dir! Auf die gute alte Art!«

Die gute alte Art! Die kannte Chess zur Genüge. Das war die Art, auf die er sich in den letzten achtzehn Monaten fast alles beschafft hatte, was er zum Leben brauchte. Aber er mochte das nicht. In einem Supermarkt in Denver hatte ihn der Chef mit einer Packung Unterwäsche und einem Schokoladenweihnachtsmann erwischt. Er mußte das Zeug hinschmeißen und losrennen. Der Trick mit dem Ring kam ihm da viel leichter vor – und irgendwie auch edler.

»Willst du nun die Jacke und die Schuhe? Oder was?« fragte Boone schon wieder.

Chess hob den Fuß, klappte die Sohle des Turnschuhs nach unten und zeigte seine nackte Ferse. »Ja«, sagte er verdrossen, »glaube schon.«

»Wenn's weiter nichts ist.«

Boone bog in die 9th Street ein, um nach einem Geschäft zu suchen. Nur ein kleiner Abstecher, dann weiter nach Las Vegas.

Las Vegas. Die Stadt der Lichter, der Spielkasinos, der Tänzerinnen, ging es Chess durch den Kopf. Die Stadt der Tänzerinnen.

Er blickte seinen Onkel an. »Boone, könnte meine Mutter vielleicht in Las Vegas...?«

»Deine Mutter ist tot«, knurrte Boone. »Das hab ich dir schon tausendmal ...«

»Ich weiß, ich weiß«, sagte Chess hastig. »Was ich meine, ist: War sie gut genug? War sie so schön, daß sie auch in Las Vegas aufgetreten sein kann?«

Boone reagierte so genervt, als hätte er schon Hunderte solcher Fragen beantworten müssen. »Klar doch, Chess. Sie war die Beste. Sie konnte auftreten, wo sie wollte. Soviel ich weiß, ist sie tatsächlich in Las Vegas aufgetreten. Damals. Da ist sie durch ganz Amerika gesaust wie eine Flipperkugel. Mal hier, mal dort, überall.«

Chess nickte überzeugt. Das hätte er sich auch selbst denken können. Was immer seine Mutter gemacht hatte, er wußte, daß sie in allem die Beste war.

Er überlegte, ob er das Foto herausholen sollte. Es war das einzige Foto, das er von seiner Mutter besaß. Eigentlich waren es drei Bilder auf einem Fotostreifen. Er saß mit seiner Mutter in einer dieser Fotokabinen, wie sie in den Einkaufszentren standen. Er konnte sich nicht mehr daran erinnern, aber man hatte ihm gesagt, daß es der 13. Juni gewesen war, sein vierter Geburtstag. Nur auf dem mittleren Bild war seine Mutter deutlich zu sehen, die anderen beiden waren so zerknautscht, daß man kaum etwas erkannte. Chess fand, daß seine Mutter schön aussah, aber sie wirkte auch müde und einsam – ein Zustand, der ihm sehr vertraut war. Er beschloß, die Bilder in der Tasche zu lassen. Boone würde ihn nur wieder damit aufziehen, und darauf hatte er jetzt keine Lust.

An der 13th Street bog Boone noch einmal rechts ab. Ein paar Straßen weiter kamen sie zu einem Einkaufsmarkt, wo es die üblichen Geschäfte gab. Da wartete schon eine neue Jacke auf Chess, auch neue Turnschuhe. Gar keine Frage.

3

Jetzt bin ich aber an der Reihe, dachte Artemus. Nachdem sie dieses morbide Getue zum Gedenken an seinen Bruder hinter sich gebracht hatten, konnten sie sich endlich einmal seinem Geburtstag widmen und ein paar teure Geschenke für ihn auftreiben.

»Was wünschst du dir denn dieses Jahr so?« fragte Jordan Holiday, der den Lexus auf der Interstate 80 gen Osten steuerte.

»Ich will mir mein Zeug selber kaufen«, verkündete Artemus.

»Willst du dich gar nicht überraschen lassen?« fragte seine Mutter Charlotte.

»Nee«, sagte Artemus. »Gebt mir einfach die Visa-Card.«

»Wo soll's denn hingehen?« fragte Jordan. »Zu J & J Hobby? Oder zu Toys-R-Us?«

»Zu Nordstrom«, sagte Artemus.

Sein Vater verzog das Gesicht. »Nordstrom? Du willst *Klamotten* zum Geburtstag? Als ich so alt war wie du, da hätte ich um keinen Preis...«

»Ich will zu Nordstrom in der Fashion Place Mall.«

»Artie, das ist genau am anderen Ende der Stadt«, protestierte Jordan.

»Direkt an der Ecke 13th Street gibt's auch ein Nordstrom«, ließ Amber wissen, »im Sugarhouse Center.«

»Das ist ein Nordstrom Rack«, sagte Artemus angewidert. »Nichts als Restposten und Ramsch, kaum besser als D. I.«

Jordan wurde langsam sauer. Vor dreißig Jahren hatte für ihn ein Familienausflug zum Desert Industries Store mit seinen verlockenden Sonderangeboten zu den Höhepunkten des Monats gehört. Verwandelte sich sein Sohn etwa in einen dieser eingebildeten Snobs, die er als Junge so gehaßt hatte? Wenn das so war, trugen allerdings er und seine Frau die Schuld. Artemus besaß fast jedes Spielzeug, das die Welt zu bieten hatte – und vieles sogar doppelt. Vielleicht lag da das Problem. Er und Charlotte kauften noch immer für Zwillinge ein.

Jordan wurde resolut. »Wir fahren zum Nordstrom Rack, und dabei bleibt's!«

»Aber Daddy«, maulte Artemus, »das Zeug dort ist doch von vorgestern! Ich will zu Fashion Place!«

»Schließlich ist es *sein* Geburtstag«, warf Charlotte ein.

Jordan stöhnte genervt. Ob Geburtstag oder nicht, es wurde Zeit, daß sein Sohn Vernunft annahm. »Artie«, sagte er, »ich sehe nicht ein, warum wir einen Umweg von fünfundvierzig Minuten machen sollen, wenn das Sugarhouse Center gleich an der nächsten Ausfahrt ist. Es wird schon spät, und wir sind alle müde ...«

»Wären wir erst Einkaufen und dann zum Friedhof gefahren, hättet ihr das Problem nicht«, sagte Artemus.

Jetzt reichte es Jordan. »Schon gut, schon gut, wir fahren zu Fashion Place. Ich wende an der nächsten Ausfahrt!«

Artemus warf einen prüfenden Blick auf die Gesichter. »Danke, ich verzichte. Hab keine Lust mehr. Ist ja mal wieder ein toller Geburtstag.«

»Sei bitte nicht so«, beschwichtigte die Mutter. »Du weißt doch, dieser Tag heute ist ... schwierig ...«

»Er braucht ja nur ab und zu mal *mein* Geburtstag zu sein«, sagte Artemus.

»Wir fahren jetzt zum Sugarhouse Center«, entschied Jordan, »und dann werden Geburtstagsgeschenke gekauft. Verstanden?«

Artemus verstummte.

Jordan ließ die Schultern hängen. Irgendwie konnte er seinen Sohn verstehen. Um die Weihnachtszeit herum war es eben nicht leicht. Seine Frau brach grundlos in Tränen aus, ihm fiel es schwer, sich zu konzentrieren. Oft machte er lange Spaziergänge, um mit sich ins reine zu kommen. Es wäre vielleicht einfacher gewesen, wenn Andrew sein Leben auf andere Weise verloren hätte, wenn es ein natürlicher Tod oder ein Fingerzeig Gottes gewesen wäre. Aber daß sein Sohn auf *diese* Weise hatte sterben müssen, konnte er nicht verwinden. Daher hatte sein verbliebener Sohn noch nie einen fröhlichen, unbeschwerten Geburtstag erlebt. Nicht seit seinem dritten Lebensjahr.

»Ich verspreche dir was«, sagte Jordan. »Wenn wir nichts Passendes für dich finden, fahren wir noch schnell rüber zu Fashion Place, okay?«

»Gut«, sagte Artemus und schmollte weiter. Er blickte hinüber zu seiner Schwester. Amber verdrehte die Augen. Er schnitt ihr eine Fratze. Sie war die Zombie-Queen. Alle waren sie Zombies.

Als sie ins Sugarhouse Center hineinfuhren, erklärte Charlotte: »Ein Geburtstag ohne Überraschungen ist kein Geburtstag. Ich gehe mit deinem Vater in ein paar andere Geschäfte, und du kannst dir deine Sachen aussuchen. Amber, du gehst mit deinem Bruder.«

Sie sackte in ihrem Sitz zusammen und stöhnte. »Na toll!«

Im Sugarhouse Center herrschte ein reges Weihnachtsgeschäft, und jetzt hatte es auch angefangen, richtig zu schneien. Bevor Jordan und Charlotte einen Parkplatz suchten, ließen sie die Kinder vor dem Nordstrom Rack aussteigen. Es war verabredet, daß sie sich in einer Stunde im Restaurant Olive Garden treffen würden. Dort sollte das Geburtstagsessen steigen.

Jordan überließ Artemus die Visa-Card Gold und bewilligte ihm hundert Dollar als Obergrenze.

»Schon gut«, sagte Artemus. Er lief auf den Eingang zu, Amber hinter ihm her. Als sie drinnen waren, sagte er zu ihr: »Du brauchst nicht mitzukommen.«

»Hatte ich auch nicht vor«, konterte sie und war schon auf dem Weg in die Mädchenabteilung.

Boone Folsom fuhr schwungvoll in die frei werdende Parklücke ein, ohne den Mann und die Frau im schwarzen Lexus, die brav mit eingeschaltetem Blinker gewartet hatten, eines Blickes zu würdigen. »Wer pennt, hat selber schuld«, sagte er lachend.

Der Mann im Lexus sandte ihm einen vernichtenden Blick und fuhr weiter. Im umgekehrten Fall hätte Boone den Schlüssel gezückt und den Lexus mit einem schönen langen Kratzer verziert. Ihn selbst konnten derartige Racheakte nicht treffen. Sein Buick sah aus, als hätte er drei Weltkriege überstanden. Jede weitere Beschädigung konnte den Gesamteindruck nur verbessern.

Boone legte den Leerlauf ein und sagte zu Chess: »Geh schon mal los.«

»Kommst du nicht mit?«

»Ich hab gestern nacht bis drei Uhr durchgemacht. Ich hör ein bißchen Musik und schlafe 'ne Runde.«

Chess wurde nervös. »Und wer soll die Verkäufer ablenken?«

»Das ist ein Klamottenladen«, sagte Boone gereizt. »Du mußt dir nur das Zeug in der Kabine anziehen und rausmarschieren. Wo ist das Problem?«

»Und wenn sie mich erwischen?«

»Du kannst doch rennen, oder?«

»Und wenn sie mich verfolgen?«

»Chess, haben sie dir das Gehirn geklaut?« Er beugte sich vor und schaute auf dem Platz umher. »Da drüben.« Er wies auf ein Bürogebäude an der Nordostecke mit einem dreistöckigen Parkhaus. »Wenn's heiß wird, rennst du da rein. Da findet dich keiner.«

»Aber Boone ...«

»Ich bin müde!« brüllte er. »Wir müssen die ganze Nacht fahren. Bring's hinter dich und halt dich ran. Wenn du nicht rechtzeitig zurück bist, fahr ich ohne dich.«

»Das würdest du nicht machen.«

»Wirklich? Da wär ich nicht so sicher. Und jetzt raus!«

Chess stieg widerstrebend aus. Daß Boone ihn eines Tages im Stich lassen würde, war seine heimliche Angst. Dann wäre er nur noch ein Waisenkind, nichts weiter. Er war bereit, jede Gemeinheit einzustecken, die sein Onkel auf Lager hatte, wenn er damit nur diese eine bittere Konsequenz vermeiden konnte.

»Denk dran, wir sind ein Team«, meinte Chess. »Das sagst du selbst immer.«

Boone warf sich gegen die Lehne, schloß die Augen und sagte mit leidendem Tonfall: »Ich hau schon nicht ab, Chess. Hauptsache, du beeilst dich. Mach die Tür zu, es schneit rein.«

Chess gehorchte. Er lief los und faßte die verschiedenen Läden ins Auge. Am Geschäft mit der Aufschrift Nordstrom Rack blieb sein Blick hängen. Er überquerte den Parkplatz und ging auf die gläsernen Pendeltüren zu.

Drinnen empfing ihn eine glanzvolle Szenerie – gepflegte Kunden, überquellende Kleiderständer, lockende Farben und Düfte. Für Chess Folsom war das eine fremde Welt, in die er nur selten vordrang. Ein Ort, an dem es was zu holen galt. Die üppig-bunte Weihnachtsdekoration ringsum ließ alles noch fremdartiger erscheinen. Weihnachten hatte ihm nie etwas bedeutet. Höchstens insofern, als dann wieder die alten Serien im Fernsehen liefen, »Die Waltons« und »It's A Wonderful Life«. Aber im wirklichen Leben lief alles ganz anders. Weihnachten, das waren für ihn Sozialarbeiter mit mickrigen Geschenkpäckchen, auf denen das Etikett »Für Jungen« klebte. Weihnachten bedeutete auch, daß sich in den Geschäften zehnmal mehr Leute drängten als zu anderen Jahreszeiten. Zehnmal mehr Augenpaare. Es war viel schwieriger als zu normalen Zeiten, sich einfach zu nehmen, was er brauchte.

Chess suchte die Reihen ab, bis er die Schuhabteilung gefunden hatte. Hier gab es Hunderte von Schuhen, keiner würde merken, wenn ein Paar fehlte. Beim letztenmal hatte er Schuhgröße sechs gehabt, wahrscheinlich war ihm die jetzt schon zu klein. Er probierte ein paar hohe Turnschuhe an, Größe sieben, genau richtig. Nachdem er sie eine Weile an seinen Füßen bestaunt hatte, zog er sie wieder aus. Sie waren zu weiß, zu sauber. Sie stachen zu sehr von seinen anderen Sachen ab. Damit würde er nie bis zur Tür kommen.

Als er ein anderes Paar aussuchte, eher braun und unscheinbar, kam eine Frau durch den Gang, beäugte ihn und verschwand wieder. Chess wurde nervös. Er schob die Schuhe in die Schachtel zurück und machte sich auf die Suche nach einem ruhigen Fleck, um sie anzuprobieren. Weiter hinten im Laden hingen die Winterjacken, aber dort war er noch besser zu sehen als in der Schuhabteilung. Trotzdem nahm er sich die Zeit, das Angebot zu studieren.

All diese Klamotten sahen schlicht zu teuer aus. Wie sollte er mit so etwas an der Kasse vorbeikommen? Einfach losrennen? Viel zu riskant. Wenn sie ihn schnappten, ging's gleich ab ins Flugzeug nach Florida, zur nächsten Pflegefamilie. Das war undenkbar. Er mußte einen besseren Trick finden.

Er ging auf ein Gestell mit Hemden und Hosen zu. Dort an der Wand hing ein dreiteiliger Klappspiegel. Davor stand ein Junge, teilweise verdeckt durch einen der Klappflügel.

»Blöd«, hörte Chess den Jungen sagen, dem das Hemd, das er sich vorhielt, offenbar mißfiel. Der Junge warf das Hemd achtlos auf den Kleiderständer zurück, hielt ein anderes in die Höhe und gab dasselbe Urteil ab: »Blöd.«

Von einem seltsamen Sog gepackt, näherte sich Chess dem Jungen, der ihm den Rücken zukehrte. Nur der Hinterkopf war zu sehen. Chess ging weiter, bis er das Gesicht zu sehen bekam …

Zu affig, dachte Artemus, der sich ein Hemd vorhielt. Er drehte sich, um zu sehen, wie es im seitlichen Spiegel aussah, dann drehte er sich zum nächsten Spiegel …

Zum nächsten Spiegel? Es gab keinen. Und doch starrte ihm ein Gesicht entgegen. Sein *eigenes* Gesicht. Artemus stand wie vom Blitz getroffen. Die Augen, die ihn anglotzten, waren ebenfalls fassungslos und starr.

Die beiden Jungen maßen sich eine ganze Weile. Die Ähnlichkeit war wirklich frappierend, geradezu unheimlich. Beide hatten die gleiche Stupsnase, etwas abstehende Ohren, die gleichen blauen Augen, das gleiche Blond.

Doch es gab auch Unterschiede. Der eine hatte vollere, rundere Wangen, der andere wirkte eher mager und zäh. Der eine hatte ein Muttermal am Hals, der andere eine kleine Narbe am Kinn. Aber wenn sie nicht direkt nebeneinanderstanden, wenn man nicht gezielt nach den Unterschieden suchte, war die Ähnlichkeit geradezu gespenstisch.

Doch für Artemus Holiday und Chess Folsom hielt dieser Eindruck nur wenige Sekunden an, dann stachen ihnen schon die himmelweiten Unterschiede in die Augen – Art und Zustand der Kleidung, das Auftreten, sogar der Geruch, alles war anders und für beide aus den entgegengesetzten Gründen eine Herausforderung. Sie kamen aus zwei völlig verschiedenen Welten, das wurde ihnen sofort klar. Nichts hatten sie miteinander gemein, weder Meinungen noch Ansichten, überhaupt nichts. Der ganze Transfer von Gefühl, Verstand und Instinkt dauerte nicht länger als vier oder fünf Sekunden.

»Haste'n Problem?« blaffte Artemus.

»Nee, hab ich nicht«, blaffte Chess zurück.

»Was glotzte dann wie'n Mondkalb?« Artemus taxierte das abgeschabte Äußere des Jungen. »Da drüben ist der Notausgang.«

Artemus wandte sich wieder dem Spiegel zu. Chess suchte nach einer passenden Erwiderung. Da ihm keine einfiel, blieb er einfach stehen und zögerte die Sache hinaus, solange es ging.

Artemus blickte sich wieder um. »Biste noch nicht weg?«

Chess setzte sich schließlich in Gang und versuchte wenigstens äußerlich cool zu wirken.

Artemus lachte in sich hinein. Was für ein Idiot! Die lassen hier wirklich jeden rein.

Chess bewegte sich in Richtung Kasse. Er hatte eine Wut im Bauch, er wußte nur nicht genau, weshalb. Der Junge hatte nichts gesagt, was das übliche Maß überstieg. Normalerweise hatte Chess in solchen Fällen einen ätzenden Spruch auf Lager, doch diesmal war sein Kopf wie leergefegt.

Vergiß es, sagte er sich. Er wollte nur noch raus. Die Schuhe reichten ihm. Boone hatte recht. In Las Vegas brauchte er keine Jacke. Jetzt mußte er noch irgendwo die Schuhe wechseln, und dann nichts wie weg.

Vorn bei den Kassen legte er sich einen Fluchtweg zurecht. Er schaute einer Frau nach, die beladen mit Einkäufen zur Tür hinauswollte. Sie löste irgendeinen Alarm aus.

»Oh, tut mir leid«, sagte die Kassiererin. »Ich hab eins von den Dingern vergessen.«

Als das Signal abgestellt war, lachte die Frau, um das Peinliche der Situation zu überspielen. Chess jedoch fuhr der Schreck in die Glieder. Eine Alarmanlage? In einem so schicken Laden, wo die Sachen mit irgendwelchen Dingern gesichert waren, hatte er noch nie geklaut. Hing hier an allen Sachen so was dran? Waren in seinen Schuhen Sensoren versteckt? Er bog in einen Gang ein und öffnete die Schachtel. Er fand nichts. Wenn nun so ein Ding in den Absatz eingeschweißt war?

Er wandte sich wieder dem Ausgang zu. Es blieb ihm nichts übrig, als einfach durchzurennen. Vielleicht kam ja jemand hinterher, doch dann konnte er sich im Parkhaus verstecken, wie Boone es gesagt hatte.

Er warf einen Blick über die Schulter, ob die Luft rein war. Am Ende des Ganges sah er den Jungen, der so fies zu ihm gewesen war. Dieser Lackaffe hatte sich ein paar Hosen unter den Arm geklemmt und war auf dem Weg in die Umkleidekabine.

Im Gesicht von Chess machte sich ein Grinsen breit. Soeben war ihm eine Idee gekommen. Eine raffinierte, eine brillante Idee.

Ziemlich magere Auswahl, dachte Artemus, aber ihm gefielen die Hosen, die er aufgestöbert hatte, alle beide. Er konnte nur hoffen, daß sie paßten.

Am Packtisch vorbei ging er zu den Umkleidekabinen an der rechten Seitenwand des Geschäfts. Er blickte durch den breiten Spalt unter den Türen und betrat die vorletzte Kabine. Die Jacke hängte er an den Haken, schlüpfte aus den Schuhen, zog die Hose aus und legte sie auf die Bank. Die erste Hose, die er anprobierte, hatte Hochwasser. Er mußte seit dem letzten Mal ein ganzes Stück gewachsen sein.

Als er die zweite Hose anprobierte, nahm er flüchtig wahr, daß jemand die Nachbarkabine betrat. Er achtete nicht weiter darauf. Die zweite Hose war ebenfalls zu kurz. Er brummelte vor sich hin und verließ die Kabine so, wie er war, um zwei etwas längere Hosen aufzutreiben.

Kaum war Artemus weg, griffen zwei flinke Hände unter der Trennwand hindurch, nahmen die Schuhe und zogen die Hose von der Bank.

Artemus brauchte nicht lange, bis er zwei Hosen in der richtigen Länge gefunden hatte. Auf dem Rückweg sah er mit halbem Auge den Rumtreiber von vorhin, der von den Kabinen herkam und zügig die Hutabteilung durchquerte.

Seltsam, dachte Artemus. Hatte der denn vorher eine Jacke an? Jetzt sah er ihn in einer dunklen Wildlederjacke verschwinden, die genauso aussah wie …

Artemus stand starr. Er lugte durch die Kleiderständer,

um sich noch einmal zu überzeugen. Der Junge eilte dem Ausgang zu.

Das kann doch nicht sein, dachte Artemus. Der hat doch nicht etwa ...

Artemus rannte zur Kabine und stieß die Pendeltür auf. Seine Sachen waren weg! Nicht nur die Jacke, auch die Hose und die Schuhe! Die Nachbarkabine stand offen. Auf der Bank lagen die abgerissenen Klamotten, die der Junge vorher getragen hatte.

Artemus stürzte auf den Gang hinaus. »Ich bin bestohlen worden!« schrie er, weil er annahm, daß er damit alle anständigen Bürger in Bewegung setzen würde. Statt dessen starrten ihn die Leute an, als wäre *er* der Verbrecher.

Artemus sprintete los in Richtung Ausgang. Er hatte weder Schuhe noch Jacke an, die unbezahlte Hose nur provisorisch übergezogen. Er rannte an den Kassen vorbei und hinaus auf den Bürgersteig. Es war fast dunkel, eine dünne Schneedecke hatte sich gebildet. Kaum eine Chance, den Dieb zu finden, dachte er. Trotzdem folgte er mit den Augen einer einzelnen Fußspur im Schnee, und tatsächlich – da hinten lief er, der Rumtreiber! Er hatte seine Jacke, seine Hose und seine Schuhe an und lief hastig über den Parkplatz.

»Bleib stehen, du Dieb!« brüllte Artemus.

Chess drehte sich kurz um und rannte mit gesteigertem Tempo auf das Parkhaus zu.

Artemus stand in Socken da und knirschte mit den Zähnen. Das ließ er sich von diesem Typ nicht bieten. So einfach konnte man Artie Holiday nicht aufs Kreuz legen. Besonders so ein schäbiger Halunke nicht.

Amber kam aus dem Laden. »Artie, was machst du denn da?«

Jetzt war nicht die Zeit, Fragen zu beantworten. Noch

konnte er den Dieb einholen, schließlich war er im Sprint über fünfzig Meter die beste Zeit aller fünften Klassen gelaufen. Also raste er los, ohne Schuhe, ungeachtet des Schnees.

»Artie!« schrie seine Schwester hinter ihm her. Auch der Geschäftsführer kam jetzt heraus, aber niemand schloß sich der Jagd auf den Dieb an.

Chess sah sich wieder um. Oh-oh. Der Typ war hinter ihm her. Auf Socken durch den Schnee! Der mußte wirklich an seiner Jacke hängen! Chess legte noch einen Zahn zu. Gleich war er im Parkhaus. Dort konnte er in einem stillen Eckchen abwarten, bis die Luft rein war. Lange würde sein Verfolger die Jagd auf Strümpfen nicht durchhalten.

Am Parkhaus angekommen, stellte Chess fest, daß dieser Verrückte noch immer hinter ihm her war. Der Abstand hatte sich sogar deutlich verringert.

»Meine Sachen her, du Dieb!« brüllte Artemus.

Chess staunte, daß dieser Typ in seinen durchnäßten Socken so schnell rennen konnte. Er hastete an geparkten Autos vorbei, dann, schon keuchend, die Betonauffahrt zum zweiten Parkdeck hinauf. Jetzt brauchte er dringend ein Versteck, um zu verschnaufen. Die hallenden Rufe »Bleib stehen, du Dieb!« kamen immer näher. Chess rannte weiter auf der Auffahrt nach oben, vielleicht fand sich etwas im dritten Stockwerk.

Hinter einer Ecke drückte er sich an die Wand und rang nach Luft. Sein Verfolger schrie nicht mehr. Offenbar war er genauso erledigt und hatte es aufgegeben.

Dann hörte Chess den hechelnden Atem. Er lief ein bißchen weiter und duckte sich tief hinter einen Chevy Lumina. Sekunden später sah er unter dem Auto hindurch die Beine seines Verfolgers, der jetzt langsam lief, weil er wohl wußte, daß seine Beute in der Falle saß. Chess sah, daß er eine seiner durchnäßten Socken verloren hatte. Artemus knickte kurz ein, weil er auf einen Kiesel getreten war, humpelte ein paar Schritte, doch er lief weiter und schaute zwischen den Autos nach. Chess fragte sich, ob er mit ihm fertigwerden würde. Diese verwöhnte Rotznase war sicher weich wie ein Pfannkuchen. Ein gut plazierter Hieb und fertig. Aber seine schönen neuen Sachen mit Blut zu bespritzen wollte er, wenn möglich, vermeiden.

Artemus war dann doch so schlau, sich auf allen vieren niederzulassen und unter den Autos nachzusehen. Und schon hatte er den Dieb geortet. »Komm raus!« brüllte er.

Chess kam aus der Lücke zwischen den Autos hervorgeschossen, Artemus fletschte die Zähne und machte einen Satz auf ihn zu. Sie jagten sich über den Fahrstreifen, der unter freiem Himmel lag und mit rutschigem Schnee bedeckt war. Artemus ruderte mit den Armen. Fast hätte er ihn erwischt. Als Chess einen Haken schlug und in die Auffahrt zur obersten Etage einbog, griff Artemus zu. Gerade als er Chess am Kragen gepackt hatte, wurden sie von den blendenden Scheinwerfern eines Autos erfaßt, das in schneller Fahrt von oben herunterkam. Chess hatte die Faust geballt, um zum befreienden Schlag auszuholen, und sah in die schreckgeweiteten Augen seines Gegners. Er drehte sich um, aber es war zu spät. Beide schrien auf.

Der Fahrer des Subaru Outback stieg auf die Bremse, doch der Wagen rutschte weiter die verschneite Auffahrt hinab. Artemus drehte sich instinktiv zur Seite, Chess blieb wie angewurzelt stehen. Er preßte die Hände vors Gesicht und wartete auf den Knall.

Artemus spürte einen Schlag gegen die Hüfte. Er taumelte auf das Außengeländer zu. Als Chess von dem Wagen erfaßt wurde, sah er einen grellweißen Blitz hinter den Augen, es folgte ein stechender Schmerz. Er krachte auf die Motorhaube, und als das Auto quietschend zum Stillstand kam, fiel er hinunter und blieb zusammengekrümmt auf dem Betonboden liegen.

Artemus prallte gegen das Geländer. Er stöhnte auf vor Schmerz, verlor den Halt und sah unter sich den Abgrund – zweieinhalb Stockwerke tief. In Panik klammerte er sich an das Geäst einer Ulme, die über das Geländer ragte. Die kratzigen Zweige rutschten ihm durch die Finger, und er wurde von der Dunkelheit verschluckt.

Beide Jungen waren aus dem Rennen. Ihre letzten Eindrücke waren Entsetzen und Verwirrung gewesen. Doch das war nichts im Vergleich zu dem Schrecken, der ihnen noch bevorstand.

4

Der Fahrer des Subaru war betrunken. Die Angst, daß er jemanden getötet haben könnte, gab ihm schließlich die Geistesgegenwart zurück, er wankte ins Büro, unterbrach die Weihnachtsfeier, von der er gekommen war, und bat um Hilfe. Polizei und Krankenwagen trafen nach zehn Minuten ein. Auch Jordan und Charlotte Holiday kamen, angeführt von Amber, die ihren Bruder ins Parkhaus hatte rennen sehen.

Als Chess die Augen aufschlug, war er von Sanitätern umringt, die mit irgendwelchen Geräten an ihm herumhantierten. Pulsierende Lichter huschten über die Wände des Parkhauses. Er fühlte sich betäubt und durcheinander, und er sah nicht gut. Er war mit dem Gesicht auf die Motorhaube des Subaru geknallt. Seine Augen waren geschwollen, und er schmeckte Blut auf der Zunge.

Jetzt schwebte wieder ein Gesicht über ihm, das er nicht kannte – es gehörte einer Frau mit einer schicken Frisur, die aussah wie eine Fontäne. Sie hielt seine Hand. »Er ist wach«, sagte sie zu zwei anderen, die hinter ihr standen, einem Mann mit Sportjacke und einem Mädchen mit Zahnspange.

Die Frau preßte seine Hand. »Ich bin hier, Artie.«

Artie? Chess zog die Stirn kraus. Wer zum Teufel war Artie?

Der Mann kniete sich neben ihn. »Kannst du richtig sehen? Erkennst du uns?«

Chess schüttelte den Kopf. Die Frau strich ihm übers Haar und kämpfte mit den Tränen. »Hab keine Angst«, sagte sie. »Ich bleibe bei dir.«

Die Sanitäter trugen ihn auf der Bahre zum Krankenwagen. Chess schnappte Fetzen des Gesprächs auf, das die Polizei mit dem in Handschellen gelegten Fahrer des Subaru führte.

»Da waren zwei«, sagte der Fahrer schleppend.

»Zwei was?« fragte der Uniformierte.

»Kinder. Ich hab zwei Kinder angefahren.«

»Soso«, sagte der Polizist ungläubig. »Wie viele Finger sehen Sie?« Er streckte zwei Finger in die Höhe.

»Vier«, sagte der Mann.

»Hab ich's mir doch gedacht.« Der Polizist half dem Betrunkenen in den Streifenwagen.

Chess wurde in den Krankenwagen gehoben, und die Frau mit der Fontänenfrisur stieg mit ein. Der Mann mit der Sportjacke tätschelte ihm den Arm und sagte zu der Frau: »Wir fahren euch nach ins St. Mark's Hospital.«

Die Hecktür wurde geschlossen. Die fremde Frau hielt weiter seine Hand fest. Was sind das für Bekloppte? fragte sich Chess. Warum wuselt diese Frau immer um mich rum? Dann fand er eine Erklärung. Sie mußte in dem Subaru gesessen haben, sie war die Frau des betrunkenen Fahrers und fühlte sich schuldig. Aber wer war dann der Typ mit der Sportjacke und das Mädchen mit der Zahnspange?

Chess nahm seine Kräfte zusammen und stellte eine Frage: »Wo ist Boone?«

»Was für ein Boone, Artie?« fragte die Frau. »Wen meinst du damit?«

Was redete die nur für ein Zeug! Und warum nannte sie ihn immerzu Artie?

»Was ist mit ihm?« fragte die Frau den Sanitäter.

»Er hat einen kräftigen Stoß bekommen«, erklärte der Sanitäter. »Vielleicht phantasiert er. Wir müssen versuchen, ihn bei Bewußtsein zu halten.«

Ich und phantasieren! sagte sich Chess. Ihm war zwar zumute, als hätte ihn eine Boeing 747 gerammt, aber sein Verstand war glasklar. Und deshalb packte ihn jetzt die Panik. Wo war Boone? Etwa im Krankenhaus? Ganz bestimmt nicht. Boone machte einen weiten Bogen um jede Uniform. Keine Ärzte, keine Polizei.

Er ist weg, dachte Chess. Seine schlimmsten Ängste hatten sich bewahrheitet. Er würde seinen Onkel nie wiedersehen.

Chess war mal wieder allein auf der Welt.

Nun ja, vorbei, sagte sich Boone. Er stand im Schneetreiben und blickte zum Parkhaus hinauf, das von den Warnlichtern der Polizeiautos erhellt wurde. Die Masche mit Chess und den Ringen war Spitze gewesen, solange sie lief. Aber alles Gute hatte mal ein Ende.

Als er den Krankenwagen kommen sah, stutzte er. War jemand verletzt? War es Chess? Blöde Frage. Natürlich Chess, wer sonst? War er tot? Das konnte Boone dort unten nicht rausfinden, und er hatte nicht vor, hochzugehen und nachzuschauen.

Fluchend blickte er dem davonfahrenden Krankenwagen nach. Wie hatte Chess das wieder angestellt? Was er auch anfaßte, machte er verkehrt. Schämen sollte er sich. Die ganze monatelange Ausbildung war für die Katz.

Boone grub in der Innentasche seiner Levis-Jacke. Er besaß noch an die fünfhundert Doller, die er sorgfältig vor Chess versteckt hatte. Auf jeden Fall wollte er weiter nach Las Vegas. Er hatte ein System entwickelt, die Poker-Automaten zu überlisten und seinen Einsatz mühelos zu verdoppeln. Natürlich auch zu verdrei- und vervierfachen.

Vielleicht ist es besser so, dachte Boone. Er wußte ohnehin nicht, wo er Chess in Las Vegas hätte unterbringen sollen. Jetzt konnte er...

Boone stutzte. Links von ihm bewegte sich etwas in dem schneebedeckten Grünstreifen mit Bäumen und Büschen, direkt an der Stelle, wo oben der ganze Zirkus ablief.

Er ging vorsichtig auf das Gebüsch zu. Er war dunkel, und er hatte keine Taschenlampe. Trotzdem erkannte er so etwas wie eine menschliche Gestalt, die hilflos und halb erfroren in den Brombeeren hing.

»Chess?« fragte Boone. »Bist du das?«

Als Antwort kam nur ein Stöhnen.

Boone griff zwischen die Ranken und umfaßte den Jungen. Er zerrte ihn heraus und fluchte über die Dornen, die ihm den Handrücken zerkratzten. Er schleppte den Jungen ins Freie und klopfte ihm den Schnee ab. Ja, es war tatsächlich Chess. Aber er sah ziemlich ramponiert aus. Seine Stirn zierte eine dicke Beule. Aus irgendeinem Grund fehlten ihm die Schuhe und eine Socke. Aber wenigstens hatte er ein paar neue Klamotten abgestaubt. An der Hose hing sogar noch das Preisschild.

Der Junge rührte sich ein wenig, machte aber sonst keine Anstalten, munter zu werden. Boone fragte sich, ob er einen Arzt brauchte. Wenn er von oben runtergefallen war, hatte er sich möglicherweise etwas gebrochen. Aber um das festzustellen, mußte er ihn erst einmal wachbekommen. Boone beschloß, daß es am besten war, weiterzufahren. Wenn es schlimmer wurde und er zu jammern anfing, konnte er ihn vor einem Krankenhaus absetzen und sich dann rar machen. Natürlich gefiel ihm das nicht. Wenn die Polizei die Identität von Chess rausbekommen würde, wußte sie, daß Boone sich in der Gegend aufhielt. Vielleicht sollte er den Jungen einfach…

Das mußte er jetzt nicht entscheiden. Chess würde sich bestimmt wieder hochrappeln. Ihre Partnerschaft konnte bestehen bleiben. Zumindest bis auf weiteres.

5

Diese Lady geht mir langsam auf den Keks, dachte Chess. Daß sie ihn ständig betuttelte und aufpaßte, ob die Ärzte und Schwestern allesrichtig machten, störte ihn wenig, im Gegenteil. Irgendwie gefiel ihm das. Es war lange her, daß ihn eine nette Frau – eine, die ehrlich nett war –, auch nur eines Blickes gewürdigt hatte. Was ihn fürchterlich nervte, ja regelrecht fertigmachte, war etwas anderes: Sie litt ganz offensichtlich an der Einbildung, daß er ihr *Sohn* wäre.

Am Anfang überhörte er das einfach. Schließlich war er von dem Unfall schon geschockt genug, sollte doch die Frau denken, was sie wollte. Aber hier im Krankenhaus, wo er seinen Grips wieder beisammen hatte, juckte es ihn in den Fingern, sie am Kragen zu packen und ihr klarzumachen: »Hören Sie! Ich heiße *nicht* Artie! Verstanden? Ich heiße Chess! Und jetzt alle miteinander: CHESS!«

Er verkniff es sich. Aber warum? Aus Angst, vermutete er. Konnte er wissen, wozu diese Verrückte fähig war, wenn er ihr widersprach? Und doch hegte er so seine Zweifel, ob sie wirklich verrückt war. Vielleicht hatte sie gute Gründe, so zu tun, als wäre er ihr Sohn. Vielleicht war das irgendeine Finte? Nein, ausgeschlossen. Dafür wirkte sie zu ehrlich, zu echt. Sie war wirklich felsenfest davon überzeugt, daß er Artie hieß.

Chess wollte sein Gesicht im Spiegel sehen. Dieser Aufprall mußte es in einen unförmigen Klumpen verwandelt haben. Wie sonst konnte er sich diese Verwechslung erklären? Seine Visage mußte so zermatscht sein, daß ihn jede beliebige Mutter für ihren Sohn halten konnte!

Als ihn die Ärzte auf Knochenbrüche untersuchten, stellte er fest, daß der Spiegel genau gegenüber dem Bett hing. Er nutzte die Gelegenheit, sein Gesicht zu betrachten. Es war ein wenig geschwollen, er hatte ein blaues Veilchen, das andere Auge war auch am Erblühen, seine Nase war rot wie eine Runkelrübe, und auf dem Wangenknochen prangte ein dunkler Bluterguß. Ansonsten sah er aus wie immer.

Also suchte er weiter nach einer brauchbaren Erklärung. War er etwa in ein Paralleluniversum katapultiert worden? Wenn er nun *wirklich* Artie hieß und sie seine *richtige* Mutter war? Oder hatten Aliens von der Erde Besitz ergriffen, und seine plötzliche Namensänderung hing damit zusammen, daß er schon ferngesteuert war? All das kam ihm ziemlich weit hergeholt vor, aber bestimmt nicht abwegiger als die Vermutung, auf die er sich schließlich festlegte: Chess Folsom sah genauso aus wie der Sohn dieser Frau!

Wenn das zutraf, wo war dann ihr *richtiger* Sohn? Wie lange würde es dauern, bis ihr *echter* Sohn zur Tür hereinspaziert kam? Und wer war das überhaupt? Ganz bestimmt nicht der Spinner, der hinter ihm hergerannt war. Mit dem hatte er nicht das Geringste gemein.

Die Frau hielt ihm weiter die Hand, während der Arzt eine Kompresse auf seine zerschrammte Wange drückte. »Du bist so tapfer, Artie«, sagte sie. »Dad und Amber müssen gleich hier sein. Ausgerechnet an deinem Geburtstag mußte das passieren!«

Chess schüttelte den Kopf. »Nein, Madam, das kann nicht sein.«

Das wird mir einfach zu bunt, dachte Chess, so kann es nicht weitergehen. Er beschloß, reinen Tisch zu machen, sobald der Arzt seine Schramme verpflastert hatte.

In dem Moment kamen der Mann und das Mädchen aus dem Parkhaus herein. Der Mann sah ziemlich fertig aus. Beide traten neugierig an sein Bett. Der Mann legte ihm die Hand auf die Stirn.

»Wie geht's dir, Kleiner?« fragte er.

Chess glotzte ihn sprachlos an. O nein, nicht schon wieder, dachte er.

»Der Arzt sagt, es ist nichts gebrochen«, berichtete die Frau.

Der Mann wandte sich ungläubig an den Arzt: »Wirklich nichts?«

»Soweit ich feststellen konnte, ist er mit ein paar Kratzern und Prellungen und einem blauen Auge davongekommen«, sagte der Arzt. »Er hatte ein Riesenglück!«

Der Mann zerfloß förmlich vor Seligkeit. Er umarmte die Frau und hauchte unter Tränen: »Gott sei Dank!«

Als nächste war das Mädchen an der Reihe. »Wie fühlst du dich, kleiner Bruder? Ich sehe, du hast deine Sachen zurück. Wie weit mußtest du den Dieb jagen, bis du deine Schuhe und deine Hose wiederhattest?«

Die denken, *ich* bin dieser Spinner! Chess staunte. Das war doch absurd! Zwischen ihnen war ein Unterschied wie zwischen Tag und Nacht! Nur ein Idiot konnte annehmen...!

Chess erinnerte sich an den ersten Eindruck seiner Begegnung mit dem Jungen vor dem Spiegel. Okay, räumte er ein, vielleicht waren sie sich ein *bißchen* ähnlich. Aber doch nicht so sehr, daß er die Eltern von diesem Knaben täuschen konnte! Möglicherweise lag es an den Schwellungen. Sobald die zurückgingen, flog der Irrtum auf.

Aber bis dahin war Chess längst über alle Berge. Schon jetzt lauerte er auf eine passende Gelegenheit zur Flucht.

»Artie«, sagte der Mann. »Draußen ist ein Polizist.«

Chess blieb das Herz stehen. »Ein P-P-Polizist?« Da sah er ihn schon durch die offene Tür kommen.

»Vielleicht kannst du ihm etwas über den Jungen erzählen, der deine Sachen gestohlen hat«, erklärte ihm der Mann. »Eine Personenbeschreibung, weißt du? Vielleicht erwischen sie ihn. Die Polizei informiert seine Eltern, damit er nicht wieder solche Unfälle verursacht.«

»Ist der etwa verschwunden?« fragte Chess.

»Ich fürchte, er ist entkommen«, sagte der Polizist. Er zog einen Notizblock heraus. »Fühlst du dich in der Lage, mir sein Aussehen zu beschreiben? Besondere Merkmale oder etwas Auffälliges?«

Chess schüttelte den Kopf. »Nein, Sir, es war doch dunkel. Ich hab nicht viel von ihm gesehen. Aber er war viel älter als ich. Ich glaube, er hatte einen Bart.«

Der Polizist zog eine Augenbraue hoch. »Er war viel älter als du, und trotzdem haben ihm deine Sachen gepaßt?«

Chess dachte nach. »Ich glaube, das war so eine Art Liliputaner. Na ja, so wie ein Jockey beim Pferderennen.«

Der Polizist schrieb das auf. »Ein Zwergwüchsiger also? Möglicherweise ein Jockey.«

»Das stimmt«, sagte Chess. »Mit einem Bart. Mehr hab ich nicht gesehen.«

Die Frau blickte ihn forschend an. »Bist du auch wirklich ehrlich, Artie? Der Mann ist von der Polizei …«

»Na klaro! Ich quatsch doch keinen Stuß!«

»Wie redest du denn? Was ist mit deiner Sprache los?« fragte der Mann.

»Nix!« erwiderte Chess.

Der Polizist steckte den Notizblock ein. »Nun ja, er hat einiges durchgemacht. Lassen wir's für heute genug sein. Bringen Sie den Jungen nach Hause, und gönnen Sie sich Ruhe. Vielleicht fällt ihm morgen mehr dazu ein. Rufen Sie uns an.«

Chess sah ihn gehen und atmete erleichtert auf. Mindestens einen Tag Freiheit hatte er gewonnen.

»Darf er nach Hause?« fragte der Mann den Arzt.

»Ich denke schon«, sagte der Arzt. »Behalten Sie ihn vorerst im Auge. Wenn ihm schwindlig wird oder wenn er sich übergibt, müssen Sie uns sofort benachrichtigen.«

Der Mann preßte Chess den Arm. »Hast du das gehört? Wir können nach Hause! Es wird alles gut!«

Chess starrte ihn ungläubig an. Auf keinen Fall würde er das Haus dieser Monster betreten. Er war jetzt überzeugt, daß sie eine Folterkammer hatten und daß dies ihr Trick war, sich neue Opfer zu beschaffen.

»Na komm, fahren wir nach Hause«, sagte die Frau zu Chess. »Vielleicht können wir noch ein bißchen von deinem Geburtstag retten. Was hältst du davon? Dein Geschenk liegt im Auto.«

Chess blickte sie fragend an. »Mein Geschenk?«

»Meins hast du auch noch nicht aufgemacht«, sagte das Mädchen. »Es ist zu Hause.«

Chess versuchte möglichst locker zu klingen. »Äh, um wie viele Geschenke handelt es sich denn so? Wären da noch mehr?«

Die Frau und das Mädchen brachen in Gelächter aus.

Der Mann raufte sich die Haare. »Ich glaube, es geht dir schon wieder besser.«

6

Es war ein endloser Augenblick gewesen. Die Erinnerung schmerzte Jordan Holiday und seinen Sohn Artemus wie eine Wunde, die niemals heilte, sondern ihnen mit glühenden Eisen immer wieder neu eingebrannt wurde. Der Anblick, der sie quälte, war stets gegenwärtig, er lauerte im Hinterhalt und wartete geduldig auf seine Chance. Gewöhnlich geschah es nachts, wenn sie wach lagen und nicht schlafen konnten.

Für Artemus war die Erinnerung nicht nur eine bildliche. Er erinnerte sich auch an den Hilfeschrei seines Bruders, den Schrei nach dem Vater. Artemus sollte zur Mutter nach Hause rennen und ihr sagen, sie solle den Notruf 911 anrufen. Er wußte, daß Andrew in Gefahr war, in ernster Gefahr. Also hastete der kleine Artemus mit seinen drei Jahren den vereisten Abhang hinauf, um den Auftrag seines Vaters zu erfüllen, er blieb nicht stehen, er drehte sich nicht um. Er hörte nur die Schreie, die schrillen, verzweifelten Schreie, die den Himmel erschütterten. Dann hörten die Schreie auf. Plötzlich war Stille. Artemus blieb stehen. In die Stille hinein tönten die Klagelaute des Vaters.

Der kleine Artemus mußte schauen. Er drehte sich um.

Die alte Erinnerung an das, was er an jenem furchtbaren Weihnachtsmorgen sah, verfolgte ihn noch jetzt und besonders jetzt, da er zusammengesunken im Auto eines Fremden saß, von schrecklichen Kopfschmerzen gequält wurde und draußen die schneeverwehten Hügel von Utah vorbeiziehen sah. Sie fuhren südwärts auf der Interstate 15. Artemus zuckte, um die Bilder der Erinnerung abzuschütteln, er stöhnte, um sie aus sich herauszupressen, aber er wurde sie nicht los, er wurde nicht Herr über sein Bewußtsein. Und weil er so machtlos war, quälten ihn die Bilder ohne Gnade.

Nicht weniger quälend waren sie für seinen Vater, der im Moment Hunderte von Meilen entfernt in Salt Lake City im Bett lag. Auch er ruckte und zuckte im Schlaf, streckte im Traum den Arm aus und beugte sich weit über die grellweiße Fläche, von der die Schreie seines Sohn widerhallten. Nur noch einen Meter, nur noch ein paar Zentimeter. Und plötzlich war die kleine Hand abgerutscht. Einfach abgerutscht!

»Andy! ANDYYYY!«

Jordan erwachte zitternd in den Armen seiner Frau. Sein Kissen war durchnäßt von Schweiß und Tränen.

»Ist ja schon gut«, tröstete ihn Charlotte und wiegte ihn sanft. »Jetzt ist es vorbei.«

Er weinte noch eine Minute an ihrer Schulter. Er spürte, daß auch sie weinte. Während der vergangenen acht Jahre war das in vielen Nächten zwischen ihnen zu einem stillen Ritual geworden.

Jordan hatte angenommen, daß sich seine Trauer nach acht Jahren allmählich legen und die Bilder verblassen würden. Statt dessen waren sie immer schärfer und deutlicher geworden, hatten sich auf groteske Weise verstärkt und verselbständigt. Der Schmerz hatte sich so tief in ihn hineingebohrt, daß er ihn nicht mehr zu fassen bekam. Noch mehr ängstigte ihn das Wissen, daß ihm auch kein anderer mehr helfen konnte, damit fertig zu werden. Weder seine Frau noch seine Kinder, nicht einmal sein Gott.

Was sollte aus einem Mann werden, der nie von seinen Qualen befreit wurde?

Schließlich atmete Jordan tief durch und setzte sich aufrecht. Seine Frau lächelte ihm schmerzlich zu.

»Ich glaube, das war der Unfall«, sagte er. »Der hat das alles... wieder aufgerührt. Der Gedanke, was wäre, wenn ich beide verlieren würde...« Er brach ab und schluckte.

»Ich weiß«, sagte Charlotte.

Jordan wollte aus dem Bett. »Ich sehe lieber mal nach.«

Charlotte hielt ihn zurück. »Es ist alles in Ordnung. Ich war schon da. Er schläft fest.«

Jordan legte sich wieder hin.

»Aber vielleicht sollte ich morgen noch einmal mit ihm hin«, fügte sie hinzu.

»Zum Arzt?« fragte er.

»Findest du denn, daß er sich normal verhält?«

»Na ja«, sagte Jordan. »Die Geburtstagsgeschenke haben ihn ja diesmal schwer beeindruckt. Wenn du denkst, daß das unnormal ist...«

»Jordan, er wußte nicht mehr, wo sein Zimmer ist.«

»Er war eben durcheinander.«

»Und woher hat er den Südstaatendialekt?«

»Na und? Den ganzen letzten Monat hat er diesen englischen Akzent draufgehabt, Cockney oder was das war.«

»Das war doch nur zur Übung. Man sollte meinen, sie hätten in der Schule ›Vom Winde verweht‹ geprobt und nicht die ›Weihnachtsgeschichte‹ von Dickens.«

»Er wird sich schon erholen«, sagte Jordan. »Morgen ist alles beim alten.«

Das konnte sie nicht trösten. Zu Weihnachten war bei ihnen nichts »beim alten«.

Charlotte seufzte. »Vielleicht mache ich mir zu viele Gedanken?«

Jordan erwog seine Antwort sorgfältig. »Nein. Das ist dein gutes Recht.«

Die Worte hinterließen in ihr einen unheilvollen Klang. Sie hatte das Recht, sich Gedanken zu machen. Nur wenige Mütter hatten soviel Anlaß wie sie, es mit ihrer Fürsorge zu übertreiben. Das Gespräch verstummte. Der Wecker zeigte drei Uhr morgens. Charlotte und Jordan versuchten einzuschlafen.

Jordan sah wieder die grellweiße Fläche vor sich. Die Schreie seines kleinen Sohns verhallten allmählich im Nachtwind.

7

Ist alles vorbei? fragte sich Chess. War der Traum ausgeträumt? Er schüttelte den Schlaf ab und schaute hoch zum Deckenventilator. Sein Blick wanderte an den Wänden entlang, die vollgehängt waren mit Postern – ringsum schicke Sportwagen, exotische Strände, Kino-Monster. Kaum je hatte er ein so großes Zimmer für sich allein gehabt, schon gar nicht ein so riesiges Bett, ein Ungetüm mit vier dicken Eichenpfosten, das soviel wiegen mußte wie ein Panzer. Alle Spielzeuge, die er je in der Fernsehwerbung gesehen hatte, waren hier in den Regalen versammelt. Von der Decke hingen zahlreiche Flugzeugmodelle mit Fernsteuerung, und gestern abend war noch ein neues hinzugekommen – sein Geschenk, ein Lance-Bandit-Doppeldecker mit einer Spannweite von fast zwei Metern.

Was bildete er sich ein? Sie hatten es doch nicht für *ihn* gekauft, sondern für ihren *Sohn*!

Erst mal alles sortieren, dachte Chess. Er ließ die Ereignisse der letzten vierundzwanzig Stunden an sich vorüberziehen: Und jetzt bin ich in Salt Lake City, Utah. Ich wohne bei einer Familie von Verrückten, die denken, daß ich Artie heiße. Boone ist über alle Berge, wahrscheinlich schon fünfhundert Meilen entfernt.

Die Zimmertür bestand aus einem großen Spiegel. Er kletterte aus dem Bett und stellte sich davor. Die Schwellungen im Gesicht waren zurückgegangen, aber die Beule auf der Wange und die Ringe um die Augen hatten eine dunklere Farbe bekommen. Zwillingsveilchen sozusagen. Er sah total bescheuert aus.

Chess sah sich im Zimmer um und fühlte sich wie ein Einbrecher. Ich muß hier ganz schnell weg, sagte er sich. Der *richtige* Artie ist inzwischen garantiert eingetrudelt. Als Chess vor der Tür stand, war er beinahe sicher, daß sie verschlossen war. Bestimmt wartete draußen ein Polizist auf ihn, in der einen Hand die Handschellen, in der anderen das Flugticket nach Florida.

Er drehte den Türknauf, und zu seiner Überraschung ging die Tür auf.

Im selben Moment schon wurde die Stille des Zimmers durch eine laute Stimme unterbrochen.

»Artie?«

Chess fuhr es durch Mark und Bein. Es war wie eine Stimme aus dem Himmel, die ein für allemal verfügte, daß er ab jetzt Artie hieß und sich gefälligst daran zu gewöhnen hatte.

Schon wieder diese laute Stimme: »Artie, bist du wach?«

Jetzt erkannte er sie. Es war die Stimme der Frau mit der Fontänenfrisur – seiner sogenannten Mutter. Er blickte umher und entdeckte neben dem Lichtschalter die Sprechanlage. Er ging nahe heran und stammelte: »Äh, ja. Ja, Madam.«

»Nun laß mal den Unsinn mit der ›Madam‹. Wie geht's dir? Hast du Hunger?«

»Ja, Ma' ...« Das war knapp. »Hab ich.«

»Willst du runterkommen zum Frühstück?«

»S-sicher. Äh, bin gleich da.«

Plötzlich fühlte er sich ganz und gar falsch in diesem Kinderzimmer eines fremden Jungen, am Leibe nichts als seine Fruit-of-the-Loom-Unterwäsche, das einzige, was er wirklich sein eigen nennen konnte. Er ging hinüber zu der großen Kommode und zog zaghaft die Schubladen auf.

Heiliges Kanonenrohr! Damit konnte man ja ein ganzes Waisenhaus einkleiden! Eine Schublade war allein für Socken bestimmt. Als er den Schrank öffnete, gingen ihm wieder die Augen über. Das reichte gleich für einen ganzen Zwergstaat. Nur Könige hatten so große, volle Schränke. Könige und Filmstars.

Chess suchte sich das Bescheidenste aus, was er finden konnte: Eine Wrangler und ein gelbes Hemd. Dann machte er sich auf den Weg.

Das Zimmer, in dem er geschlafen hatte, lag im Obergeschoß und führte hinaus auf eine Balustrade, von der man auf den Wohnraum und das sehr vornehme Eßzimmer hinabblicken konnte. Große getönte Scheiben nahmen fast die gesamte Fensterfront ein und tauchten alles in das gedämpfte Licht der Morgensonne. Er hatte schon gemerkt, daß es eine Luxusvilla war, als er am Abend durch die Einfahrt gekommen war. Aber erst jetzt bei Tageslicht konnte er das ganze Ausmaß bestaunen. Zwar war es nicht der Buckingham Palace, bislang waren auch keine Diener oder Zofen aufgetaucht, und der Garten hatte eine bescheidene Größe. In die Nachbarhäuser konnte man beinahe hineinspucken.

Instinktiv hielt er Ausschau nach Polizisten und verschrobenen Fürsorgern, aber nichts deutete auf einen Hinterhalt. Zu sehen war nur der Mann – sein sogenannter Vater –, der die Zeitung las.

Verdammt, er wußte nicht einmal, wie diese Leute hießen. Da hatte er nun eine Nacht in ihrem Haus verbracht und kannte ihre Namen nicht. Wie sollte er sie überhaupt anreden? Mit Mom und Dad?

Niemals. Eher biß er sich die Zunge ab. Mit Boone zusammen zog er jeden Schwindel durch, den man sich nur denken konnte, aber zwei völlig fremde Menschen mit Mom und Dad anzureden, das brachte er nicht über sich. Irgendwie waren ihm diese Wörter heilig. Es gab gewisse Grenzen, die Chess nicht überschritt.

Der Mann schaute auf. »Da ist er ja!« rief er.

Die Tür zum Nachbarzimmer ging auf, und heraus kam das Mädchen. Sie musterte ihn und höhnte: »O mein Gott, du siehst aus wie Willi Waschbär!«

Chess hätte ihr mit Wonne eine geknallt, aber sie war ja nun seine sogenannte Schwester. Oder hatte er als Bruder nicht sogar das Recht, ihr eine zu knallen?

Die Frau kam aus der Küche, um ihn zu betrachten, in den Händen hielt sie einen großen Teller mit dampfenden Waffeln. »Oje«, sagte sie beim Anblick seiner Blessuren. »Fühlst du dich gesund genug für die Schule?«

Er schüttelte den Kopf. »Nein, *so* gesund nicht.«

»Mom, das hast du wohl vergessen?« sagte die Schwester. »Er *muß* zur Schule. Heute ist Kostümprobe.«

»Kostümprobe?« wiederholte Chess, als hätte er das Wort noch nie gehört. Und so war es auch. Er stellte sich vor, daß alle in der Schule, Jungs und Mädchen, in Frauenkleidern über einen Laufsteg marschieren mußten. Schließlich war er hier in Utah, oder? Und er hatte gehört, daß dort seltsame Dinge stattfanden.

»Oh, stimmt ja!« rief die Mutter. »Morgen ist die Premiere. Mrs. Svetson würde dich umbringen.«

»Denkst du denn, sie lassen ihn so auftreten?« fragte die Schwester.

»Warum nicht?« sagte der Vater. »Schließlich spielt er ein Straßenkind. Da finden sie die Veilchen sicher ganz passend. Er muß sowieso nur sechs Sätze sagen.«

»Die Frage ist, ob er sich der Sache gewachsen fühlt«, sagte die Mutter.

Chess schüttelte wieder den Kopf, diesmal heftiger. Wenn diese Leute dachten, er würde in einem Theaterstück auftreten, dann hatten sie wirklich einen schweren Dachschaden. Doch nicht Chess Folsom! Niemals! Dann zog er schon lieber ein Frauenkleid an. Wieder verspürte er den heftigen Drang zu fliehen.

»Was genau fehlt dir nun eigentlich, Artie?« fragte der Vater. »Ist dir schwindlig?«

»Hm, ja. Schwindlig.«

»Kopfschmerzen?«

»Das auch.«

»Übelkeit?«

»Yes, Sir.«

»Gliedersteife?«

»Ich glaube, ja.«

»Arterienverkalkung?«

»Auch.«

Der Vater lächelte.

Die Schwester lachte laut auf und ging die Treppe hinunter. »Das glaubt ja kein Mensch! Der hat bloß Angst, daß ihn alle Willi Waschbär nennen.«

»Wenn er lieber zu Hause bleiben will, ist das in Ordnung«, sagte die Mutter. »Er hat schließlich genug durchgemacht. Die Probe ist erst um vier. Ich fahre ihn dann hin. Komm frühstücken, Liebling.«

Chess ging die Stufen hinab. Die ganze Wand neben der Treppe war mit Familienfotos behängt. Sein Blick blieb an einem hängen, auf dem alle die gleichen T-Shirts trugen, als wären sie ein Baseball-Team. Seine Ähnlichkeit mit dem Jungen, der die Baseballkappe schwenkte, war nicht zu leugnen. Es war gruselig. Alles, was hier mit ihm passierte, war gruselig. Der Junge auf dem Bild konnte genausogut er selbst sein.

Je länger er auf das Foto starrte, um so mehr schwanden seine Zweifel. Vielleicht war er es *wirklich*? Warum eigentlich nicht? Was war an diesem Jungen dort besser als an ihm?

»Eine Waffel oder zwei?« rief die Mutter von unten.

»Äh, zwei«, sagte Chess. Er ging weiter die Treppe hinunter, ohne auf das Foto der Zwillinge im Alter von zweieinhalb Jahren zu achten, die beide ein Osterkörbchen in den Händen hielten.

»Wenn Artie nicht zur Schule muß, bloß weil er zwei Veilchen hat«, sagte die Schwester, die sich Sirup auf die Waffel goß, »dann bleibe ich auch jedesmal zu Hause, wenn ich einen Mitesser kriege.«

»Wenn du das nächste Mal von einem Auto angefahren wirst, darfst du gern zu Hause bleiben«, sagte die Mutter.

Chess ging an einem Tischchen vorbei, auf dem ein ziemlich mickriger und zudem künstlicher Weihnachtsbaum stand. Behängt war er mit etwa einem Dutzend goldener Kugeln, die aussahen, als wären sie schon in der Fabrik anmontiert worden. So weit also trieb es diese Familie mit dem Festtagsschmuck. Chess fand diesen Mangel an Feierlichkeit erstaunlich. Von einer *Familie* hatte er etwas anderes erwartet. Das hier war ganz und gar nicht wie bei den »Waltons«.

Aber dieser Eindruck wurde korrigiert, als Chess gerade den ersten Bissen hinunterschlingen wollte.

»Artie, das Tischgebet«, sagte die Mutter.

Er stockte mitten im Kauen und kreuzte unbeholfen die Arme über der Brust, wie es die anderen machten. Ein paarmal riskierte er einen Blick, während der Vater seinem himmlischen Vater für das viele Essen dankte und darum bat, daß die Anwesenden satt und selig würden. Der Duft der heißen Butterwaffeln trieb Chess fast zum Wahnsinn. Sobald das Gebet zu Ende war, schob er den nächsten Happen nach. Wann war er das letzte Mal in den Genuß eines richtigen Frühstücks gekommen? Schon dafür lohnte es sich, in eine so verrückte Lage zu geraten. Als er die Gesichter um sich herum sah, die zufrieden lächelten und kauten, wurde ihm noch viel eigentümlicher zumute. Noch nie in seinem ganzen Leben hatte er zusammen mit Menschen gegessen, die ihn als ein echtes, vollwertiges und gleichberechtigtes Mitglied der Familie betrachteten, mochten sie sich darin irren oder nicht. Das war ein schwindelerregendes Gefühl. Aber ganz nett.

Bei näherem Hinsehen war es ganz und gar nicht nett, sondern *gräßlich*. Es war gräßlich, weil es gelogen war. Als Chess einen weiteren Bissen nahm, traf sich sein Blick mit dem der Mutter. Sie beobachtete ihn viel intensiver als die beiden anderen. Er senkte den Blick auf den Teller und strich den Sirup in alle Vertiefungen der Waffel. *Sie weiß es*, dachte er. Wie idiotisch zu glauben, daß er die leibhaftige Mutter dieses Jungen so lange täuschen konnte.

Und doch: Als er wieder hinsah, kam ihm ihr Blick weder mißtrauisch noch anklagend vor, sondern irgendwie … sehnsüchtig.

Vielleicht sollte ich lieber zur Schule gehen, dachte Chess. Aber nur, weil er sich davon die Chance zu einem sauberen Abgang erhoffte. Es wurde allmählich Zeit. Hier konnte er nicht länger bleiben. Bei nächster Gelegenheit mußte er verschwinden.

Das hieß: direkt nach dem Frühstück.

8

Er war unendlich müde. Jede Anstrengung, die er unternahm, um aufzuwachen, war vergebens. Selbst in seinen Träumen versuchten Menschen ihn wachzukriegen. Im Kopf hörte er ihre Stimmen. Die hartnäckigste Stimme war die seines Vaters. »Artie, aufstehen! Zeit für die Schule! Keine Widerrede, du gehst zur Schule. Hast du gehört? Aufstehen!«

Dann die Stimme seiner Mutter: »Artie, du hast lange genug geschlafen. Willst du ewig im Bett bleiben? Na komm, wach auf!«

Sogar seine Schwester ließ sich vernehmen: »He, du Blödmann, aufstehen. Sonst nehme ich dir deine schönen Flugzeuge weg und deine Gruselmonster-Sammlung. Und deinen Gameboy. Im Ernst, Artie. Stehst du nun auf oder was?«

Selbst die Befürchtung, daß er seine heiligsten Besitztümer verlor, konnte ihn nicht munter machen. Er bekam einfach die Augen nicht auf. Einmal träumte er sogar von Candee Reynolds, dem schönsten Mädchen seiner Klasse, die sich mit gespitzten Lippen über ihn beugte, als wollte sie ihn mit einem Kuß von einem bösen Zauber befreien. Aber ihr Kuß erreichte ihn nicht. Er schwebte über ihm und wartete darauf, daß er sich aufrichtete und ihn sich holte.

Aber er kam nicht hoch. Er konnte sich nicht bewegen. Warum wachte er nicht auf?

Die seltsamste Stimme gehörte jedoch einem Menschen, den er nicht kannte. Er spürte sogar die Hände dieses Menschen, die ihn hochhoben und trugen. Aber komischerweise nannte die Stimme ihn nie bei seinem Namen, sondern ganz anders. »Alles klar, Chess?« fragte sie zum Beispiel. »Ist doch in Ordnung. Ganz prima machste das. Schlaf dich gesund, Junge.«

Die Stimme jagte ihm Angst ein, selbst im Schlaf. Immer wenn er sie hörte, erstarrte er innerlich. Sie bescherte ihm schreckliche Träume. Einmal packte ihn ein Alptraum. Er befand sich in kaltem Wasser, umwirbelt von nadelspitzen Eissplittern. Er war am Ertrinken und schnappte nach Luft. Er hatte sich in Andrew verwandelt.

Am meisten aber hatte ihn die Stimme beim letztenmal erschreckt, vielleicht deshalb, weil er allmählich wieder zu sich kam. »Ich geh jetzt weg, Chess«, hatte die Stimme gesagt. »Du bleibst mal 'ne Weile allein. Nimm's leicht!« Eine Tür wurde geöffnet und wieder geschlossen.

Selbst in seinem halbbewußten Zustand merkte Artemus, daß hier etwas furchtbar falsch war. Er war nicht dort, wo er hingehörte. Die Angst strömte in seine Adern wie Gift. Und diese Angst war es schließlich, die ihn dazu brachte, die Augen zu öffnen.

Er lag in einem dunklen Zimmer. Ein paar dünne Lichtschlitze zeigten, wo die Tür war. Es war Tageslicht. Die Vorhänge vor dem Fenster waren so dick, als sollten sie den Eindruck ewiger Nacht erwecken.

Rechts neben ihm stand ein weiteres Bett, dahinter war ein Badezimmer. Eine kleine Lampe brannte über der Toilette, gerade hell genug, daß er die Dinge im Raum erkennen konnte. Die Tapete war mit rosa und gelben Palmen verziert. Ein Fernseher war mit einem Stahlbügel an die Wand geschraubt. Von draußen kamen Verkehrslärm und Stimmen, er hörte Autotüren schlagen und Leute lachen.

Vorsichtig richtete er sich auf. Ein bohrender Kopfschmerz setzte ein. Er preßte die Hand an die Stirn und rollte sich aus dem Bett. In der Hüfte spürte er Schmerzen, auch im Bauch. Er tappte schwankend zum Fenster und zog den Vorhang auf.

Draußen sah er einen Parkplatz und dahinter eine belebte Straße. Die Gehsteige wimmelten von Menschen. Sie waren alle viel leichter bekleidet, als man es im Winter erwartete, viele trugen nur T-Shirts und kurze Hosen! Hatte er den ganzen Winter geschlafen? War es Juli? Jenseits der Straße stand ein Hochhaus, auf dem Vordach las er »STARLIGHT EXPRESS, HOTEL AND CASINO«. Vor seinem Fenster konnte er eine verwitterte Reklametafel erkennen, auf der eine flackernde Leuchtschrift verkündete: »LAMP USTER MOTE – AS VEGAS' FINEST« Drei L waren erloschen.

Wieso Las Vegas? dachte Artemus. Was hatte das zu bedeuten?

Ein Telefon. Er mußte jemanden anrufen. Nach Hause telefonieren.

Der Apparat stand auf dem Nachttisch. Er stolperte darauf zu und nahm den Hörer ab. Im nächsten Moment hatte er schon vergessen, was er wollte. Er starrte ratlos auf das Telefon, als wäre es eine neue Erfindung.

Ach ja, fiel es ihm wieder ein. Zu Hause anrufen. Ich muß zu Hause anrufen. Aber wie war gleich die Nummer? Sosehr er sich den Kopf zerbrach, sie wollte ihm nicht einfallen. Die eigene Telefonnummer, die er Tausende Male gewählt hatte...

Plötzlich fühlte er sich schwach und zittrig. In seinem Kopf drehte sich alles. Er wollte nur noch die Augen zumachen und schlafen. Beim nächsten Aufwachen würde alles wieder so sein wie immer. Er würde in seinem eigenen Bett aufwachen und auf die Modellflugzeuge blicken.

Ja, das war die Lösung. Es konnte gar nicht anders sein. Aber alle weiteren Überlegungen blieben ihm erspart. Ehe er merkte, wie er ins Bett gelangte, war er schon wieder der Gefangene seiner Träume.

9

»Also Artemus, ich möchte, daß du mich sofort anrufst, wenn du dich auch nur ein bißchen schlecht fühlst«, sagte Charlotte Holiday.

Chess hatte seinen Familiennamen in Erfahrung gebracht – das heißt den Namen der Familie, bei der er wohnte –, indem er ihn vom Briefkasten ablas, als sie mit dem Auto vom Grundstück fuhren.

»Hast du mich verstanden?« beharrte die Mutter.

Chess nickte und wandte sich zum Gehen. »Ja, ich hab verstanden.« Er drehte sich noch einmal um. »Äh, Mom?«

»Ja?«

Chess schluckte. Er hatte das heilige Wort ausgesprochen. Er hatte sie *Mom* genannt. Besaß er denn nicht den geringsten Anstand? Als ihm klar wurde, was er fragen wollte, biß er sich auf die Zunge. Er hatte nach der Telefonnummer fragen wollen. Was für ein Schwachsinn! Sie wäre noch mißtrauischer geworden, als sie es ohnehin schon war.

Chess schüttelte den Kopf. »Schon gut.«

»Ich hab dich lieb«, sagte sie.

Chess scharrte mit den Füßen. Wie sollte er nun *darauf* reagieren? Die Schwester auf dem Rücksitz, deren Namen er noch nicht kannte, kam ihm zu Hilfe. »Mach schon, Mom«, nörgelte sie. »Ich komme zu spät!«

Charlotte sagte zu Chess: »Sag Mr. Walruff Bescheid,

daß du zehn Minuten früher gehen mußt wegen der Probe. Ich bin um Viertel nach drei wieder hier.«

»Ist gut«, sagte Chess.

Sie fuhr los. Die Schwester blickte durch die Scheibe und machte mit den Fingern Ringe um die Augen, um ihn daran zu erinnern, daß er immer noch wie ein Waschbär aussah. Dann nahm sie die Hände weg und lächelte ihm zu. Er lächelte zurück. So übel ist sie gar nicht, dachte er.

Er nahm das verschneite Schulgelände in Augenschein. Na bitte, sagte er sich. Endlich eine Chance zum Abhauen. Doch er wußte schon jetzt, daß er es nicht über sich bringen würde. Während der Fahrt zur Schule hatte seine Entschlossenheit zusehends nachgelassen. Außerdem, wo sollte er hin? Boone konnte er vergessen. Der hatte ihn einfach in Salt Lake City sitzenlassen. Und nun war er durch einen geradezu kosmischen Zufall das Mitglied einer richtigen Familie geworden. Natürlich nur vorübergehend, solch ein Wunder konnte unmöglich Bestand haben. Aber er mußte schon ein Blödmann der Extraklasse sein, wenn er sich diese einmalige Chance verpatzte.

Eine Frage blieb offen: Wo steckte der Typ, der ihn durch das Parkhaus gejagt hatte? Chess schob den Gedanken beiseite. Wer konnte schon mit Bestimmtheit sagen, ob sich sein Doppelgänger noch im selben Universum aufhielt?

Ein Junge kam auf ihn zu und rief: »He, Artie, was ist denn mit dir passiert?«

»Mich hat'n Auto gerammt.«

»Echt? Ein Auto hat dich so zerbeult?«

Chess grinste. »Dann guck dir erst mal das Auto an!«

Er lief weiter über den Schulhof, wo sich vor den Türen zu den Klassenzimmern Schlangen bildeten. Er hängte sich an den Jungen an, der ihn angesprochen hatte, in der Hoffnung, daß er in »seine« Klasse ging und ihn zur richtigen Schlange führen würde. Als sie dem Gebäude näherkamen, warf ihm der Junge einen seltsamen Blick zu.

»Wo willst du denn hin, Artie?«

»Äh, keine Ahnung. Und du?«

»Was für 'ne Frage!« stöhnte der Junge. »Mr. Hunt.«

Chess versuchte es auf die direkte Tour. »Und wo soll ich mich anstellen?«

»In Disneyland. Was dachtest du denn?«

»Nein, im Ernst. Wo ist die Schlange für...« Der Name des Lehrers fiel ihm einfach nicht ein. So ein Mist! Die Frau hatte ihn doch gerade genannt! »Du weißt schon ... mein Lehrer.«

»Willst du mich verscheißern?«

»Nein, ich...«

»Das kann ich nämlich nicht ausstehen. Alle wollen mich immer verscheißern!«

»Vergiß es«, sagte Chess. »War nicht von Bedeutung.« Er verzog sich lieber, bevor der Junge einen Anfall kriegte.

Um die ganze Schule herum standen die Kinder in Schlangen und warteten auf Einlaß. So schwer kann das doch nicht sein, dachte er. Die müssen nur etwa so alt sein wie ich.

»He, Artie!« zwitscherte eine Stimme hinter ihm.

Chess drehte sich um und sah sich einer elfjährigen Schönheitskönigin gegenüber. Sie strich sich eine kastanienbraune Strähne aus dem Gesicht, dann zuckte sie zurück. »Oh, Artie, hast du dich etwa geprügelt?«

Chess reckte das Kinn in die Höhe. »Ja, allerdings.«

»Wer hat dich denn so zugerichtet?«

Er schrumpfte wieder ein. »Hä? Mich zugerichtet? Willst du mich ver...?«

Sie nahm ihn beim Arm und ging mit ihm auf eine der Schlangen zu. »Jungs können so gemein sein. Du bist doch gut im Sprint, Artie. Das nächste Mal rennst du einfach weg. Wär doch besser, oder?«

»Äh, ich äh ...«

Als sie die Schlange erreicht hatten, wurde er von den anderen umringt, die seine Blessuren bewunderten. Alle ohne Ausnahme nannten ihn Artie oder Artemus. Das Votum der Massen machte es irgendwie amtlich. Er *war* Artemus Holiday. Warum sollte er sich dagegen wehren? Was hatte er zu verlieren?

Ein paarmal hörte er sie den Namen des Lehrers erwähnen, so daß er sich ganz sicher fühlte, als in der Stunde der Blick des Lehrers plötzlich auf ihm hängenblieb.

»Mr. Holiday«, sagte der Lehrer mit klebriger Stimme.

»Ja, Mr. Walroß?« erwiderte Chess.

Die Klasse hielt den Atem an. Mit hochgezogenen Augenbrauen erhob sich der Lehrer von seinem Stuhl und brachte einen Bauch zum Vorschein, der sich beachtlich weit über den Lehrertisch wölbte. Chess schluckte hörbar, als ihm klar wurde, daß der Name, den die Kinder auf dem Schulhof benutzt hatten, nicht der richtige war und auch nicht als Kompliment gedacht war.

»Was hast du da gesagt?« fragte Mr. Walruff.

»Das war wohl was ganz Dummes?« fragte er unschuldig.

Mr. Walruff blickte ihn prüfend an, um festzustellen, ob es vielleicht nur ein Versprecher gewesen war. Mit finsterer Miene sagte er: »Komm doch bitte nach vorn und zeige uns, wo Indien liegt.«

Chess stellte sich mit unguten Gefühlen vor die Weltkarte, auf der keine Namen verzeichnet waren. Auf gut Glück tippte er mit dem Zeigestock mitten in die USA.

»Gratuliere«, sagte der Lehrer, »was du uns da zeigst, ist South Dakota.«

»Echt? Da war ich schon. Da wimmelt's nur so von Indianern!«

Die Klasse lachte laut auf. Chess schrumpfte wieder ein Stück. Was war daran komisch?

Mr. Walruff sagte streng: »Bitte geh an deinen Platz!«

Als er wieder saß, hörte er die Schönheitskönigin mit dem kastanienbraunen Haar hinter sich flüstern: »Ich wußte gar nicht, daß du so cool sein kannst, Artie.«

»Cool« war wohl nicht das richtige Wort. Chess hatte eher an »blöd« gedacht. Er hatte nicht einmal einen Vormittag gebraucht, um Arties guten Ruf in den eines notorischen Klassenclowns zu verwandeln. Aber das war nichts im Vergleich zu der Wesensänderung, die er Artie in der großen Pause zufügte.

Als ein bulliger Sechstkläßler ihn beim Volleyball abdrängte und ihm mit der Bemerkung »Verzieh dich nach hinten, oder du kriegst noch 'ne dicke Lippe dazu« die Bälle wegfischte, streckte Chess ihn mit einem gutgezielten Hieb auf die Nase nieder.

Unglücklicherweise brachte ihn das auf kürzestem Wege ins Büro des Direktors, der seinerseits unverzüglich Mrs. Holiday anrief.

»Er schlägt sich?« rief Charlotte ins Telefon. »Das ist ausgeschlossen. Mein Artie schlägt sich nie.«

»Und woher hat er dann die blauen Augen?« fragte der Direktor.

Nachdem sie ihm von dem Unfall erzählt hatte, einigten sie sich darauf, daß Artie noch nicht ganz er selbst wäre und am Nachmittag frei nehmen sollte, um seine Kopfverletzung auszukurieren.

Fünfzehn Minuten später stieg Chess zu Charlotte ins Auto. »Was war denn los?« fragte sie.

»Jemand mußte diesen Typ mal aufmischen«, sagte Chess. »Der hat beim Volleyball in einer Tour gerempelt.«

Charlotte schüttelte den Kopf. »Ich versteh das nicht, Artie. Das bist doch nicht du! Seit diesem Unfall bist du so...«

»Was soll'n sein, Mom?« provozierte Chess. »Denkste etwa, die Aliens haben mir das Gehirn vertauscht?« Er schnitt eine Grimasse.

Charlotte musterte ihn von der Seite. Für einen kurzen Moment kam ihr diese Erklärung gar nicht mal abwegig vor. Dann sagte sie lächelnd: »Tu mir einen Gefallen und sprich ein bißchen normal.«

»Was ist schon normal?«

»Hör auf mit diesem Südstaatenakzent.«

Chess grinste. »Soll ich etwa so reden wie einer aus Utah?« Er legte einen dicken Western-Akzent auf. »Hallo, Partner. Ich komme aus Utah. Blablabla.«

Charlotte lachte. Für Chess klang dieses Lachen wundervoll. So frisch und natürlich, als ob sie schon lange nicht mehr gelacht hätte. Sie versuchte, einen strengen, pädagogischen Ton anzuschlagen, aber es dauerte keine zehn Sekunden, und Chess brachte sie wieder zum Lachen.

Sie fuhr mit ihm zu Godfather's Pizza, wo man sich für sein Geld so viel vom Buffet holen konnte, wie man wollte. Das war nun nicht gerade die Strafaktion, an die sie auf der Fahrt zur Schule gedacht hatte, aber sie konnte nicht anders. Sie brachte es einfach nicht über sich, ihm böse zu sein. Schließlich hatte er einiges durchgemacht. Aber das allein war es nicht. Sie konnte es nicht in Worte fassen. Diese fröhliche Unbefangenheit, die ihr Sohn plötzlich an den Tag legte, versetzte sie irgendwie zurück an einen vergessenen Ort, in eine längst vergangene Zeit.

»Paß auf«, sagte Chess. Es nahm zwei Pizzastücke, biß in jedes ein rundes Loch und hielt sie vor die Augen. »Schon besser?« fragte er.

»Viel besser!« Charlotte lachte. Und ganz überraschend kamen ihr die Tränen.

Chess merkte es nicht gleich und machte weiter: »So hat Zorro auch mal angefangen, was glaubste?« Als er sie weinen sah, nahm er die Pizza herunter. »Hab ich was Falsches gesagt?« Er fühlte sich scheußlich.

»Nein«, sagte Charlotte nachdenklich. »Es sind nur ... die Feiertage.«

Chess hatte das Gefühl, daß sie damit etwas Bestimmtes meinte. Da er nicht dahinterkam, fragte er: »Was ist denn schlecht daran? Ich dachte immer, Leute wie ihr seid zu Weihnachten glücklich.«

Charlotte stutzte. »Leute wie ihr?«

»Ich meinte Leute wie *wir*. Du weißt schon. Familien und so.«

Sie griff nach seiner Hand und strich ihm mit der anderen Hand das Haar aus der Stirn. »Du mußt zum Friseur. Mein Gott, du warst doch erst vor einer Woche! Dein Haar wächst ja wie Unkraut!«

Chess blickte ihr in die Augen und genoß ihre Zärtlichkeit in vollen Zügen. Sie liebte ihren Sohn wirklich. Das konnte er *spüren*. Sein Hals war wie zugeschnürt. Immer wieder hatte er sich ausgemalt, wie es sein mußte, wenn man ganz allein mit seiner Mutter war. Sie mußten gar nichts Besonderes unternehmen. Einfach nur reden. So wie diese Frau jetzt mit ihm redete. Plötzlich fühlte er sich verunsichert. Er wich ein wenig zurück und wandte den Blick ab. Aber die Hand konnte er nicht wegziehen. Es war, als wäre sie dort unter ihrer Hand am Tisch festgewachsen. Richtig wütend wurde er auf sich, als ihm auch noch eine Träne über die Backe lief.

Was hab ich jetzt wieder gemacht, dachte er. Daß er sich so eine Blöße gab, konnte den Verdacht nur schüren. Er würde sich noch alles verderben.

Aber Charlotte nahm auch seine andere Hand und drückte beide zärtlich. Er studierte ihr Gesicht. Es war voller Verständnis. Er konnte es nicht glauben. Es war, als ob sie über all seine Jahre der Einsamkeit und des Ausgestoßenseins Bescheid wußte, als ob sie dieses schmerzhafte Gefühl, niemanden zu haben, seine Träume und seinen Kummer einer kahlen Wand anvertrauen zu müssen, nur zu gut kannte. Sie verstand alles, ohne daß er auch nur ein Wort sagen mußte. Wie war das möglich? Er hätte nie geglaubt, daß es jemanden auf der Welt gab, der begreifen konnte, wie es in ihm aussah.

Ich muß reinen Tisch machen, dachte er. Mit dieser lächerlichen Maskerade aufhören und alles gestehen. Aber er brachte nicht die Kraft dazu auf. Das Gefühl, das diese Frau in ihm auslöste, indem sie ihn einfach nur anblickte, hielt ihn gefangen. Da gab es kein Entrinnen.

Am Nachmittag fuhr Charlotte mit ihm zur Probe in die Eastmont-High-School. Er mußte nur sechs Sätze sagen, und zwei davon waren ganz kurz: »Wie bitte?« und »Hallo!« Er spielte den kleinen Jungen, der am Weihnachtsmorgen unter dem Fenster von Scrooge steht und losgeschickt wird, um den großen Truthahn für die Festtafel von Bob Cratchit zu holen. Der Zufall wollte es, daß der Mann der Regisseurin für Jordan Holiday arbeitete und daß noch Schüler für den Tiny Tim und andere Kinderrollen gesucht wurden. Jordan hatte Artemus vorgeschlagen.

Die Regisseurin, Mrs. Svetson, meinte, daß Artie für die Rolle des Tiny Tim zu groß war. Aber die Rolle des Straßenjungen – die *zweitgrößte* Sprechrolle für Schulkinder – paßte genau auf ihn. Artemus hatte sich anfangs gesträubt, doch als ihm die Mutter ein neues Kitty-Hawk-Modell mit Fernsteuerung in Aussicht stellte, war er zu allem bereit.

Die Kostümbildnerin händigte Chess eine absurde Kluft aus: Nylonstrümpfe, eine aufgeblähte Mütze und Schuhe mit Schnallen, so groß wie Bratenwender.

»Sie wollen mich wohl verscheißern?« beschwerte er sich.

Sie spitzte nur die Lippen und kommandierte: »In fünf Minuten meldest du dich fertig angezogen bei der Regisseurin vor der Bühne.«

Als er mit zwei Dutzend anderen armen Schluckern, die genauso albern kostümiert waren, im Saal saß, kam er sich total lächerlich vor. Mrs. Svetson brachte ihnen gerade mit feurigen Worten nahe, wie wichtig es war, eine gute Kostümprobe hinzulegen, da bemerkte sie seine schwarzen Augenringe. Erst schien sie empört, dann dachte sie nach. Ein Straßenjunge, der vor Scrooges Fenster herumlungert. »Gar nicht mal so schlecht«, befand sie schließlich.

Die Kostümprobe verlief reibungslos, das heißt bis zu dem Punkt, da Chess auf die Bühne geschoben wurde, um seinen Text zu sprechen. Insgeheim hatte er gehofft, daß er nur dastehen mußte wie ein Stück Staffage. Doch als der ältere Schüler, der den Scrooge spielte, von oben herunter rief: »Wohlan, braver Bursche, was haben wir heut?« stand er völlig hilflos da, und seine Knie zitterten wie Espenlaub.

Jemand zischelte ihm aus der Kulisse zu: »Du mußt sagen: ›Heute? Nun, den Weihnachtstag!‹«

»Heute? Nun, den Weihnachtstag!« wiederholte Chess mit tonloser Stimme.

Die Souffleuse mußte ihm auch alle anderen Sätze vorsprechen. Nach der Probe kam das große Donnerwetter. »Was war bloß mit dir los, Artemus?« brüllte Mrs. Svetson. »Ich glaub, ich drehe durch!«

»Ich hatte wohl 'n Knoten in der Zunge.«

»Einen *Knoten* in der Zunge? Dann sieh zu, daß du diesen Knoten in den nächsten vierundzwanzig Stunden aus deiner Zunge rauskriegst, sonst siehst du aus wie der letzte Idiot. Wir *beide* sehen sonst aus wie die letzten Idioten! Und jetzt gehst du nach Hause und übst deine Zeilen fünfzigmal! Sprich sie auf Band und hör sie dir im Schlaf an! Hast du mich verstanden?«

»Ja, Madam.«

Charlotte mußte versprechen, daß sie diesem Befehl den nötigen Nachdruck verleihen würde. Auf der Heimfahrt fragte sie Chess mit ernster Stimme: »Artie, ist dir nicht gut?«

Chess schämte sich fürchterlich. Mrs. Svetson hatte recht. Er war wirklich der letzte Idiot. Zu glauben, er könnte einfach so in die Rolle eines anderen schlüpfen, und schon würde alles laufen wie geschmiert! Er wußte nicht mal den Vornamen seiner Schwester, geschweige denn seine Adresse und Telefonnummer! Er hätte nicht sagen können, wo er geboren wurde, wo er die letzten Sommerferien verbracht hatte oder wer sein bester Freund war!

Nur die Ruhe bewahren, sagte er sich. Immer eins nach dem anderen.

»Ich bin okay, Mom«, sagte er. »Ich glaube, das waren nur diese verdammten Scheinwerfer, die mich geblendet haben...«

»Ich kann dir zwar beim Üben helfen«, sagte Charlotte, »aber ich weiß nicht, wie ich dir das Lampenfieber nehmen soll, die Angst vor der Bühne.«

»Ich und Schiß? Ich hab vor nix Schiß!« rief Chess gekränkt.

»Ich habe keine Angst«, korrigierte ihn Charlotte. »Mein Gott, Artie! Hast du über Nacht vergessen, wie man spricht?«

»Okay, hab ich eben keine Angst vor nichts.«

Charlotte gab ihm einen liebevollen Klaps.

Als sie nach Hause kamen, war der Tisch mit Pappschachteln übersät. Der Vater und die Tochter begannen gerade mit dem zweiten Gang ihres chinesischen Essens. Jordan rief ihnen entgegen: »Hallo, ihr beiden! Keine Angst, wir haben euch die Reste gelassen!«

Chess machte sich schweigend über seine Portion Huhn mit Reis her und genoß es, dem Gespräch der Familie zuzuhören. Die Schwester, die, wie er schließlich herausgefunden hatte, Amber hieß, beklagte sich über einen Clifford Durfee aus ihrer Klasse. Er machte kein Geheimnis daraus, daß er rettungslos in sie verknallt war, obwohl sie ihn überhaupt nicht leiden konnte. Jordan meinte, daß der Kühlschrank komische Geräusche von sich gab und einmal überprüft werden sollte. Charlotte schließlich kam auf den Vorfall in der Schule zu sprechen. Jordan belehrte Chess darüber, daß man sich erst miteinander aussprechen oder an die Lehrer wenden müsse, bevor man zur Gewalt greife. Chess lauschte andächtig. Ein

Vater hielt ihm einen Vortrag! Wer hätte gedacht, daß so etwas tatsächlich ein *Vergnügen* sein konnte? Er konnte sich gar nicht satthören an diesen gutgemeinten Ratschlägen und versprach, sie Wort für Wort zu beherzigen.

Den ganzen restlichen Abend übten Jordan und Charlotte mit ihm die Rolle. Sie wunderten sich, daß er seinen englischen Akzent so plötzlich verlernt hatte. Aber Chess holte schnell auf. Schließlich waren seine letzten Pflegeeltern in Musicals vernarrt gewesen. Siebenmal hatten sie ihn in »My Fair Lady« mitgenommen. Ob er nun wollte oder nicht.

Vor dem Schlafengehen kam die Familie im Schlafzimmer der Eltern zusammen. Chess sah verdutzt, daß sie sich rings um das große Doppelbett hinknieten. Sie schauten ihn an und wunderten sich, warum er stehen blieb.

»Na komm, Artie«, sagte Jordan. »Du bist dran.«

Chess wurde starr vor Schreck. »*Ich* bin dran?«

»Allerdings. Wir warten.«

»Seid ihr wirklich sicher?« Er zeigte auf Amber. »Ich glaube nämlich, daß *sie* dran ist.«

»Nichts da, Freundchen!« sagte Amber.

»Fangen wir nicht wieder damit an«, sagte Charlotte. »Es ist eine *Ehre* und keine Strafe, das Gebet zu sprechen.«

Schwerfällig ließ sich Chess erst auf das eine, dann auf das andere Knie nieder. Er kreuzte die Arme und schloß die Augen, wie es die anderen machten. Er konnte sich nicht entsinnen, jemals in seinem gesamten Vorleben ein Gebet produziert zu haben. Er hatte nicht die leiseste Ahnung, was er nun sagen sollte. Jetzt bin ich geliefert, dachte er. In zwei Sekunden wissen sie, daß ich ein Betrüger bin.

Er riskierte einen vorsichtigen Blick und stellte fest, daß Amber ihn beobachtete. Auch Jordan bewachte ihn heimlich mit einem Auge.

Länger konnte er nicht zögern. Er kniff die Augen fest zusammen und räusperte sich. »Lieber Gott ...« Nach einer langen Denkpause fügte er hinzu: »Gott segne uns alle ...«

Ein Tropfen Angstschweiß rann ihm kalt den Nacken hinunter. »O Gott, so segne uns!« Er verfiel in einen Singsang. »Segne alle, die gesegnet werden müssen ... Und wir haben's alle nötig. Den Segen, meine ich. Segne meine Mom, segne meinen Dad, segne auch meine Schwester, äh ... Amber, segne mich, und ... das wär's dann wohl gewesen. Außer es fällt Dir noch einer ein, Gott. Dann segne meinetwegen auch den. Amen.«

Chess öffnete die Augen. Er mußte nicht hinschauen, um zu wissen, daß alle ihn anstarrten. Er sprang auf, ohne einen dieser Blicke zu erwidern, und floh aus dem Schlafzimmer. »Gute Nacht. Bin echt müde!«

Die anderen blieben auf den Knien.

Endlich sagte Jordan, »Also, das war ja ...« Ein passendes Adjektiv fiel ihm nicht ein.

Amber rappelte sich hoch. »Also *ich* fühle mich gesegnet. Ihr nicht?«

»Keine Scherze!« sagte die Mutter.

Als Amber gegangen war, blieben die Eltern am Bett sitzen. Jordans Blick war in weite Ferne gerichtet. Schließlich sagte er. »Weißt du was, Liebling? Ich fühle mich *wirklich* gesegnet.«

Charlottes Gesicht leuchtete auf. Sie umarmte ihren Mann und gab ihm einen Kuß. »Weißt du was?« sagte sie. »Ich auch!«

10

Als er den Schlüssel in der Tür des Motelzimmers hörte, wachte Artemus zum zweitenmal auf. Ihm stockte der Atem. Er lag an das Kopfende des Bettes gedrückt und war unfähig, sich zu bewegen.

Die Tür quietschte, und Helligkeit drang ins Zimmer. Aber es war kein Tageslicht, es war das Licht von Millionen bunten Lämpchen und Neonreklamen. In der Türöffnung zeigte sich eine bedrohliche Silhouette. Artemus krampfte sich zusammen. Der Mann, der ihn gekidnappt hatte, war zurückgekommen, um ihn zu erledigen.

Und doch schien der Mann sich nicht übermäßig für Artemus zu interessieren. Als er das Licht angeknipst hatte, sah Artemus sein Gesicht. Es wirkte verkniffen und scharf. Artemus hätte ihn vielleicht für fünfzig gehalten, doch sein wahres Alter war fünfunddreißig. Er setzte sich auf das andere Bett und lächelte Artemus an.

»Na sieh mal, wer da ist! Wie geht's dir, Junge?«

Artemus blieb starr und sprachlos. Er spürte, daß er wieder ganz zur Wirklichkeit zurückgefunden hatte. Warum sonst hätte er auch diese schreckliche Angst haben sollen? Was war das für ein Verbrecher? Was wollte er?

»Ich hab dich gefragt, wie's dir geht«, wiederholte der Mann.

Artemus wollte eine Antwort formulieren, aber seine Lippen zitterten so sehr, daß er nur »W-w-w-wer?« herausbrachte.

»W-w-w-wer!« äffte der Mann ihn nach. »Was ist los, Chess? Hat dir einer die Sprache geklaut, als ich weg war?«

»W-wer sind Sie?« stieß er mühsam hervor.

Der Mann blickte ihn prüfend an. Seine Augen verengten sich zu Schlitzen. »Wer ich bin? Willst du mich etwa verscheißern? Du weißt nicht, wer ich bin?« Er stand auf und kam näher. Chess drückte sich in die äußerste Ecke des Betts. »Das soll wohl 'n Witz sein, oder? Du weißt wirklich nicht, wer ich bin? Ich bin's, dein alter Kumpel! Onkel Boone!« Er wedelte Artemus mit der Hand vor der Nase herum. »Kannst du richtig sehen?«

»Was mache ich denn hier?« fragte Artemus mit überschnappender Stimme.

»Du? *Du* machst hier rein gar nichts. Den ganzen Kram mußte ich allein machen, und du hast gepennt wie 'ne Prinzessin. Jetzt hör mal auf mit dem Quatsch, es gibt viel zu tun. Irgendwie hab ich kein Glück in letzter Zeit. Gegen vier hatte ich fast dreihundert Dollar, dann kam wieder meine berühmte Pechsträhne. Alles weg. Es reicht kaum noch für eine Nacht in diesem Loch. Vier Ringe haben wir noch. Morgen früh müssen wir rüber nach North Vegas und uns einen Park suchen. Verstanden? Laß mich nicht hängen, Chess. Du mußt gut drauf sein, scharf wie 'n Rasiermesser.«

»Warum nennen Sie mich immer so?«

»Wie nenn ich dich denn?«

»Mit diesem Namen.«

»Chess? Weil das dein Name ist, du Dödel!«

Endlich begriff Boone, was passiert war. Er riß die Augen auf, trat einen Schritt zurück und langte sich an die Stirn. »O Mann, o Mann!« Er ging auf und ab, ohne Artemus aus dem Augen zu lassen. Er beäugte ihn wie einen Außerirdischen. »Ich glaub's einfach nicht. Das mit deinem Kopf war wohl schlimmer, als ich dachte. O Mann! Chess, ich warne dich. Mach keine Scherze. Wenn ich rauskriege, daß du mich verkohlst, trete ich dir in den Arsch, bis du die Weihnachtsengelchen singen hörst. Du weiß also nicht, wer ich bin?«

Artemus zog die Stirn in Falten. Was erzählte dieser Verrückte da? Er verwechselte ihn mit irgendeinem anderen! Was zum Teufel ging hier vor?

»Ich weiß nicht, wovon Sie reden«, beharrte Artemus. »Ich heiße nicht Chess, und Sie sind nicht mein Onkel. Bringen Sie mich nach Hause, oder die Polizei wird ...«

Boone lachte. »Nach Hause? O Junge, du hast es nicht leicht. Du hattest kein Zuhause mehr, da warst du noch ein Zwerg!«

»Ich heiße Artemus Holiday! Ich wohne in 3496 South Glendora Court, Salt Lake City, Utah! Mein Vater heißt Jordan Holiday. Meine Telefonnummer ist 801–279–5604. Und jetzt sagen Sie mir bitte, warum Sie mich hierher verschleppt haben!«

Boone war ehrlich verblüfft. Das war ja noch schlimmer als ein gewöhnlicher Gedächtnisverlust! Dieser Junge hatte eine völlig neue Identität angenommen!

»Nun mal langsam«, sagte Boone. »Immer schön der Reihe nach. Fangen wir am Anfang an. Gestern abend: Woran erinnerst du dich?«

»An nichts«, sagte Artemus. »Ich hab diesen Jungen verfolgt, und dann ... hat es geknallt.«

»Warte. Noch mal. Du hast *wen* verfolgt?«

»Diesen Jungen, der mir meine Sachen geklaut hat.«

Boone wurde von einem seltsamen Kribbeln erfaßt. Sein Sinn für Logik und Realität geriet ins Wanken. »Das warst doch *du*, Chess! *Du* warst derjenige, der verfolgt wurde.«

Artemus schüttelte sich verzagt. »Ich muß ja schließlich wissen, wer wen verfolgt hat!«

Boone kam wieder näher und musterte ihn blinzelnd. Er langte zur Nachttischlampe hinüber und drückte auf den Knopf. Mit Hilfe der zusätzlichen Beleuchtung studierte er eingehend Arties Gesicht. Abgesehen von der in allen Farben schillernden Beule auf der Stirn fanden sich keine Schrammen oder Verletzungen. Als erstes fiel ihm das Haar auf. Es war so glatt. Und ein ganzes Stück kürzer, als Chess es gestern noch getragen hatte. Da war auch etwas mit den Augen. Die Form war irgendwie anders... Und das Kinn. Wo war sie gleich, diese...?

Er griff dem Jungen ins Haar und zog ihn näher. »Au!« schrie Artemus, aber er war zu erschrocken, um sich zu wehren.

Boone fuhr ihm mit den Fingern, die nach den geölten Münzen der Spielautomaten stanken, unter dem Kinn entlang.

Sie war nicht da! Die Narbe fehlte! Es war nur eine kleine Unebenheit, jeder andere hätte sie übersehen, nicht aber Boone. Schließlich hatte er persönlich sie ihm beigebracht. Er hatte den Aschenbecher nach ihm geworfen, also wußte er genau, wo die Narbe sein mußte, aber dort war sie nicht.

Boone stieß ihn grob zurück. »Sag noch mal, wie du heißt!«

Zähneklappernd antwortete er: »A-Artemus. Artemus Holiday.«

»Adresse?«

»3496 South Glendora Court, Salt Lake City ...«

»Halt die Klappe!« Boone lief hektisch auf und ab, rollte mit den Augen und kaute auf dem schmutzigen

Daumennagel herum. Wie war das möglich? Was war mit Chess passiert?

Es gab nur eine Möglichkeit. Chess war derjenige, der im Krankenwagen abtransportiert worden war. Und wenn Boone schon so blöd war, diesen Knaben hier mit Chess zu verwechseln, war es dann denkbar, daß...? In seinem Kopf schoben sich die finstersten Befürchtungen zusammen. Das war schlicht und einfach Kindesentführung. Dieser Junge war ein Magnet für Bullen. Bald würde auf jedem Polizeirevier ein Plakat mit dem Vermißtenfoto hängen. Was noch schlimmer war, der Junge hatte ihn gesehen. Wenn er entkam, konnte er Boone ohne weiteres identifizieren und die Bullen auf seine Spur hetzen. Mit einem Fuß stand er praktisch schon im Gefängnis. Boone hatte sich geschworen, nie wieder in den Kasten zu gehen. Eher würde er Schluß machen. Aber was jetzt? Er brauchte Zeit zum Nachdenken.

Artemus drückte sich ans Kopfende, starr vor Angst. Er spürte noch immer die klebrigen Finger des Mannes auf seiner Haut. Er war darauf gefaßt, daß der Mann ihn jeden Moment umbringen konnte. Er dachte an die Lektionen, die ihm seine Mutter die ganze Kindheit hindurch eingehämmert hatte: Meide die Fremden und hüte dich vor Entführern. Einmal mußte er sogar bestimmte Regeln für den Fall lernen, daß ein Entführer ihn schnappte. Er hatte seine Mutter für überängstlich erklärt und die ganze Sache vergessen. Vergib mir, Mom, flehte er jetzt innerlich, ich hab keine einzige Regel behalten!

»Ich will nach Hause«, sagte er.

»Das hättste wohl gern«, sagte Boone abwesend. »Sonst noch was?«

Vielleicht war das *wirklich* keine schlechte Idee, dachte Boone. Einfach zurückfahren und den Jungen irgendwo in der Nähe von Salt Lake City auf die Straße setzen. Dann konnte er nach Hause laufen, während er selbst auf dem kürzesten Weg in den Nachbarstaat verschwand. Doch dann fiel ihm ein, daß er dem Jungen schon seinen Namen verraten hatte. O Mann! So ein Mist! Konnte man sich das Leben noch gründlicher versauen? Er schaute dem Kind in die verschreckten Augen. Doch Mitleid empfand er nicht. Seine eigene Lage war noch viel auswegloser als die des Kindes.

»Lassen Sie mich einfach gehen«, sagte Artemus. »I-ich sage niemandem was.«

»Nein!« blaffte Boone. Ihn laufenzulassen, war nicht drin. Wenn er jetzt freikam, würde es Boone nicht einmal bis zur Stadtgrenze von Las Vegas schaffen. Er riß sich zusammen und sagte ruhig: »Guck dich doch an, Junge. Du hast nur ein Socke an und keine Schuhe. An deiner Hose hängt noch das Preisschild. Was glaubst du, wie viele Verrückte sich in dieser Stadt rumtreiben! Du würdest keine hundert Meter weit kommen.«

»Bitte«, sagte Artemus leise. »Tun Sie mir nichts!«

Boone sagte mit zuckersüßer Stimme. »Warum sollte ich? Paß auf: Ich bringe dich nach Hause zurück. Das Ganze ist ein verrücktes Mißverständnis, weißt du.«

»Sie bringen mich jetzt nach Hause?«

»Auf der Stelle.«

Artemus erstarrte, als Boone näherkam. Er kniff die Augen zusammen, als Boone seinen Arm berührte, und war sicher, daß nun seine letzte Stunde geschlagen hatte.

»Na komm«, sagte Boone. »Ich bring dich zum Auto.« Mit einem festen Griff, der jeden Gedanken an Gegenwehr vergessen ließ, schleppte Boone ihn zur Tür. Der Buick stand direkt vor dem Eingang.

»I-ich will da nicht mitfahren«, sagte Artemus. »Ich – ich möchte lieber…«

»Was ist denn, Junge? Kannst mir vertrauen. Steig ein!«

Artemus wurde zur hinteren Wagentür gezerrt. Boone schob ihn mit Gewalt hinein und hätte ihm um ein Haar die Tür gegen den Kopf geworfen. Dann blieb er einen Moment stehen und sah sich um. Es war kurz vor Mitternacht, Las Vegas wurde langsam lebendig. Die Fußgänger zogen in einem breiten Strom vorbei, aber auf der anderen Straßenseite, gut fünfzig Meter entfernt. Im Moment war der Parkplatz des Motels leer. Das war gut so. Er brauchte eine Minute der Besinnung.

Ihm fiel ein, daß im Kofferraum ein bißchen Schnur lag. Er konnte den Jungen an Händen und Füßen fesseln und hinten auf den Boden legen. Auf diese Weise war gesichert, daß er nichts anstellte, bis Boone so nett war, ihn freizulassen. Oder, wenn Boone sich dafür entschied, das Problem auf eine ganz andere Weise zu lösen…, so ähnlich, wie er einmal ein gewisses Problem in Florida gelöst hatte…, dann war genug Zeit, das in Ruhe zu überlegen.

Er klappte den Kofferraum auf. Die Schnur hatte sich mit dem Wagenheber verheddert. Er knotete soviel von ihr frei, wie er zu benötigen glaubte, wickelte sie zu einem unauffälligen Knäuel und versteckte sie hinter dem Rükken.

Artemus rutschte auf der Sitzbank hin und her, sein Herz schlug wie eine Trommel. Abhauen! schrie seine innere Stimme. Hau ab, solang es geht! Aber die Angst lähmte ihn. Er leckte sich die Lippen und raffte allen Mut zusammen. Seine Hand war schon auf dem Weg zum Türgriff, als Boone die Tür von außen öffnete. Artemus sah ihm in die Augen. Die waren kalt und entschlossen. Er hielt etwas hinter dem Rücken versteckt. Boone beugte sich herein, und die Schnur kam zum Vorschein. »Pfoten her«, knurrte Boone. »Und ich warne dich. Wenn du schreist, dann ...«

Plötzlich löste sich die Angststarre. Boones Drohungen lähmten ihn nicht mehr. Er stieß einen Schrei aus und floh, wild um sich schlagend, ans andere Ende der Sitzbank. Boone beugte sich weiter hinein und versuchte verzweifelt, ihn beim Handgelenk zu packen und die Fessel anzulegen. Artemus fand den Türgriff. Er trat Boone ins Gesicht, stieß sich kräftig ab und landete auf dem Parkplatz.

Boone machte einen letzten Satz, aber vergeblich. Er blieb im Wagen hängen, nur sein Kopf ragte aus der Tür, Hals und Arme waren in die Schnur verstrickt.

Von Panik gepackt, schoß Artemus über den Parkplatz davon. Vorbei an der Mauer, die das Motel von der benachbarten Heiratskapelle trennte, und dann die Straße hinab. Erst an der nächsten Kreuzung riskierte er einen Blick zurück. Von Boone keine Spur. Und jetzt war er umgeben von lauter Passanten. Ein Kidnapper hatte hier keine Chance. Artie wollte jemanden ansprechen. Er mußte um Hilfe bitten – vielleicht diese Frau im schulterfreien Glitzerkostüm oder den Mann mit der Lederweste? Niemand würdigte ihn eines Blickes. Da stand er nun keuchend wie ein Rennpferd, schuhlos mit nur einer Socke, und keiner wurde auch nur neugierig. Was mußte man denn noch tun, um in dieser Stadt aufzufallen?

Noch immer atemlos und hektisch lief er auf ein junges Pärchen zu, das Arm in Arm vorbeiging und verliebte Blicke wechselte. »Hilfe!« schrie er. »Ein Typ ist hinter mir her!«

Widerwillig schaute sich der Mann um. »Was ist denn, Kleiner?«

»Ein Mann! Er will mich entführen!«

»Wo? Ich sehe keinen.«

»Er ist beim Motel!« Er zeigte auf die halb sichtbare Neonreklame des Lampluster Motels.

»Hier wird dir wohl nichts passieren«, sagte der Mann.

»Aber...«

Die Frau, die entsetzlich lange Fingernägel hatte, tätschelte ihm die Schulter. »Ach, ist der süüüß! Geh mal lieber nach Hause, mein Kleiner. Deine Mutter macht sich sonst noch Sorgen.«

Artemus schüttelte die Hand ab. So eine blöde Kuh! Dachte die, das war ein Scherz? Er lief weiter.

»Viel Glück, Kleiner!«

Artemus irrte durch die flirrenden Lichterkaskaden der Spielcasinos, die zusätzlich mit Weihnachtsdekorationen verziert waren. Eine riesige Reklame zeigte einen Weihnachtsmann am Spielautomaten, dem die Münzen nur so entgegenprasselten. Artemus schaute sich immer wieder um. Er mußte ein Telefon finden, zu Hause anrufen. Die Eltern waren sicher schon durchgedreht. Hatte der Entführer Lösegeld verlangt? Kratzte sein Vater gerade die letzten ersparten Cents zusammen, um ihn freizukaufen? Wo war die Polizei, wenn man sie brauchte?

Vor einem Casino-Eingang sah er einen Mann in Uniform. War das ein Polizist oder ein Wachmann? Bitte, dachte Artemus, sei einer, der mir hilft.

Er sprach den Mann an. »Sind Sie Polizist?«

»Ich bin nur Portier. Willst du zur Polizei?«

Artemus nickte.

»Die Metro ist genau da drüben.« Er zeigte auf ein hohes, halbrundes Gebäude.

»Die *Metro?*« fragte Artemus.

»Das Hauptrevier. Die Bullenstation. Was ist denn los?« Er blickte an Artemus herunter und grinste. »Hat dir einer die Schuhe geklaut?«

Artemus ignorierte die Frage und machte sich auf den Weg zu dem halbrunden Gebäude, erst in zügigem Schritt, dann im Dauerlauf. Als er über die Straße wollte, trat er in eine Pfütze und durchnäßte die Socke, die ihm noch geblieben war. Er streifte sie ab und warf sie weg. Auf der anderen Seite lief er noch ein Stück, dann stand er auf dem Vorplatz des Las Vegas Metropolitan Police Department.

In das Gebäude führten viele Eingänge, aber nur über einem brannte Licht. Kaum hatte er sich durch die Schwingtüren gearbeitet, überkam ihn eine Welle der Erleichterung. Geschafft! Endlich in Sicherheit! In fünf Minuten oder noch eher würde er mit den Eltern telefonieren!

Der Sergeant saß hinter einer Scheibe aus Panzerglas und sprach mit einem dicken Mann. Auf dessen T-Shirt mit der Aufschrift »Party Animal« war ein Gorilla zu sehen, der aus zwei Bierfässern gleichzeitig trank. Hinter dem Mann stand eine kleine schwarze Frau mit ihrer halbwüchsigen Tochter.

Artemus überlegte kurz. Sollte er sich vordrängeln und rufen: »Hilfe, ich bin entführt worden!«? Dazu hatte er nicht den Mut, also stellte er sich hinten an. Was sollte er sonst tun? Nein, er konnte warten wie jeder andere auch.

Der Sergeant, ein grimmig blickender Mann mit Schnurrbart, hörte mit unbewegtem Gesicht dem Dicken zu, der sich wortreich darüber beklagte, daß seine Exfreundin ihm das Auto demoliert und die Einfahrt mit obszönen Graffiti besprüht hatte. Der Sergeant mußte ihm dreimal erklären, daß ohne Augenzeugen oder andere Beweismittel leider nichts zu machen sei. Fluchend zog der Mann schließlich ab.

Die Frau wollte wissen, was sie gegen einen Nachbarjungen unternehmen konnte, der ihrer Tochter irgendwelche Tätlichkeiten angedroht hatte. Artemus wartete, kaute sich die Fingernägel ab und wurde von Sekunde zu Sekunde kribbliger. Sein Fall war mit Sicherheit wichtiger als dieser Kleinkram. Er war *entführt* worden, zum Teufel noch mal!

Endlich war er an der Reihe. Er stellte sich vor das Sprechgitter, das in die Scheibe eingelassen war.

Der Polizist biß erst einmal von seinem Brot ab. Er kaute gründlich und schluckte, bevor er fragte: »Was kann ich für dich tun?«

»Ich bin entführt worden«, sagte Artemus.

»Wie bitte?«

»Ich bin entführt worden.«

»Entführt?« wiederholte er ungläubig. »Von wem?«

»Von einem Mann im Motel. Ich bin ihm entkommen.«

»Wie heißt du?«

»Artemus. Artemus Holiday.«

»Wo wohnst du, Artemus?«

»In Salt Lake City.«

»In Utah? Du meinst, ein Mann hat dich in Salt Lake City entführt und nach Las Vegas gebracht?«

»Ja.«

»Und dann bist du ihm entkommen?«

»Ja.«

Langsam erwachte das Interesse des Polizisten. Er legte erst einmal sein Pausenbrot ab und rutschte mit dem Stuhl hinüber an den Computer.

»Buchstabier mal deinen Namen.«

Artemus tat es. Der Beamte tippte den Namen ein und wartete. »Ist nicht drin«, sagte er. »Wann bist du entführt worden?«

»Gestern ... glaube ich.«

»Du *glaubst*? Hat dich der Entführer am Kopf verletzt?«

»Ich glaube nicht.«

»Woher hast du dann diese Beule?«

»Das war ein Auto, glaube ich. I-ich bin mir nicht sicher.«

»Du weißt nicht, wo du diese Beule herhast?«

»Von einem Auto. Das ist kurz vor der Entführung passiert.«

Der Sergeant musterte Artemus eingehend und saugte sich die Essensreste aus den Zähnen. »Sind deine Eltern in Las Vegas?«

»Nein, in Salt Lake City.«

»Wissen sie, daß du verschwunden bist?«

»Na klar wissen sie das«, rief Artemus gekränkt. »Was denken Sie denn!«

»Es liegt bloß keine Meldung vor. Dieser Computer erfaßt alle ...«

»Ist mir doch egal, was Ihr Computer sagt! *Ich bin entführt worden*!«

»Schon gut«, sagte der Sergeant. »Beruhige dich. Weißt du deine Telefonnummer?«

Er rasselte die Nummer herunter. Der Polizist schrieb sie auf. »Und das ist in Salt Lake City?«

»Denken Sie etwa, ich erzähle Quatsch?«

»Setz dich mal dort auf die Bank.«

»Rufen Sie meine Eltern an? Kann ich mit ihnen sprechen?«

»Setz dich einfach hin!«

Artemus fletschte wütend die Zähne. Wozu sollte er sich hinsetzen? Er wollte mit seinen Eltern sprechen! Er drehte sich um, als wollte er zur Bank gehen, doch dann drückte er wieder den Kopf gegen die Scheibe. Der Polizist ging zu einem Telefon, das weiter hinten stand.

Artemus krallte vor Ungeduld die nackten Zehen, während die Nummer gewählt wurde. Noch dreißig Sekunden, dachte er. Noch dreißig Sekunden, und der Alptraum ist zu Ende.

Der Polizist blickte nachdenklich, fast mitleidig zu Artemus hinüber, während er wartete, daß jemand abnahm. Als er etwas hörte, schaute er weg. Artemus verstand nicht viel von dem, was der Polizist sagte. Er versuchte es von seinen Lippen abzulesen. »Hier ist ein Junge, der behauptet…« glaubte er verstanden zu haben, dann wandte ihm der Polizist gänzlich den Rücken zu.

Artemus wartete. Das Telefonat dauerte ewig. Warum brachte der Mann nicht das Telefon rüber? Es überlief ihn kalt. Irgend etwas stimmte nicht. Hatte er sich verwählt? Worüber sprach er so lange? Warum zeigte er keine Freude oder wenigstens Befriedigung darüber, daß er einen so spektakulären Fall gelöst hatte? Es sah so aus, als würde der Sergeant immer ernster und grämlicher. Warum läßt er mich nicht mit ihnen reden? Schließlich sind es meine Eltern, verdammt noch mal!

Artemus klopfte ungeduldig gegen die Scheibe. Was war denn das für ein Polizeirevier, daß sie ein entführtes Kind nicht mit seinen Eltern reden ließen? Aber richtig fassungslos war er erst, als der Sergeant einfach auflegte. Der kam zurück und sandte Artemus einen strafenden Blick.

»Was ist denn los?« rief Artemus durch das Sprechgitter. »Warum lassen Sie mich nicht mit ihnen reden?«

»Warum sagst du mir nicht die Wahrheit, Junge?«

»Was soll das? Ich hab Ihnen doch gesagt ...!«

»Sie wissen nicht, wer du bist, Kleiner. Fangen wir also von vorn an.«

Artemus war außer sich. »Noch mal von vorn? Ich möchte meine Eltern sprechen!«

»Du weißt genausogut wie ich, daß das nicht deine Eltern sind.«

»Sie sind ja verrückt! Haben Sie denn wirklich 801–279–5604 gewählt?«

»Allerdings. Ein Mr. Jordan Holiday war dran.«

»Das ist mein Vater! Ich bin sein Sohn!«

»Bei Mr. Holiday wird niemand vermißt. Er hat alle seine Kinder beisammen. Von einer Entführung ist ihm nichts bekannt. Also, nun sag mir mal deinen richtigen Namen und woher du kommst.«

Artemus ging in die Luft. »Mein Name ist Artemus Holiday! Was ist denn das hier für ein Laden! Rufen Sie ihn an! Sofort! Ich will mit ihm sprechen!«

»Ich wecke niemanden mitten in der Nacht, wenn es nicht unbedingt sein muß. Also, wenn du mir jetzt nicht deinen richtigen Namen sagst ...«

»Verstehen Sie denn nicht? *Ich bin entführt worden*!«

»Warum sagst du mir dann nicht den Namen des Entführers?«

»Boone« sagte Artemus. »Boone Folsom. Oder Folsom Boone. Etwas in der Art. Er ist im Lampluster Motel. Oder zumindest war er's. Er wollte mir was *antun*!«

»Nun warte mal dort«, sagte der Beamte. Er ging zu der Tür, die zum Vorraum führte.

Artemus zitterte am ganzen Körper. Warum hatte sein

Vater dem Polizisten gesagt, daß er seine Kinder beisammen hatte und daß er niemanden vermißte? War denn die ganze Welt verrückt geworden? Der Mann am Telefon *konnte* nicht sein Vater gewesen sein. Das war ein Hochstapler, der den Polizisten belogen hatte. Sie hatten seine ganze Familie entführt! Eine Verschwörung! Und was wurde nun aus ihm? Tränen schossen ihm in die Augen.

Der Sergeant nahm ihn bei der Schulter. »Nun komm mal mit, mein Sohn.«

»Ich will mit meinem Vater reden! Warum lassen Sie mich nicht? Ich will mit meiner Mutter sprechen!«

»Immer mir nach.«

Er gehorchte automatisch, ohne nachzudenken, die Empörung hatte ihn hilflos gemacht. Seine Welt brach zusammen. Alles, was ihm selbstverständlich gewesen war – Zuflucht und Geborgenheit, Liebe und Fürsorge –, erwies sich plötzlich als flüchtig wie Rauhreif an einem Sommermorgen.

Jordan kam aus dem dunklen Korridor ins Schlafzimmer zurück. Das schnurlose Telefon vom Nachttisch hatte er noch in der Hand. Er schob es zurück in die Halterung.

»Wer war das?« fragte Charlotte mit verschlafener Stimme.

»Total verrückt«, sagte Jordan. »Das war die Polizei von Las Vegas.«

»Die Polizei?«

»Irgendein Sergeant in Las Vegas wollte wissen, ob wir irgendwelche Kinder vermissen.«

»Wie kommt er darauf?«

»Er sagte, ein Kind hätte behauptet, entführt worden zu sein. Das Kind hat ihm unsere Nummer genannt.«

»Hast du bei den Kindern nachgesehen?«

»Na klar«, sagte Jordan. »Beide schlafen fest. Ich sagte ihm, wir wären die falsche Familie. Oder die falsche Nummer. Dem Mann war das wirklich peinlich.«

»Aus Las Vegas hat er angerufen?«

»Hat er zumindest gesagt.«

»Verrückt«, meinte Charlotte.

»Kann man wohl sagen.« Jordan schlüpfte zurück ins Bett.

»Ich hoffe, die finden noch die richtigen Eltern.«

»Ich auch.« Jordan unterdrückte ein Gähnen.

Ein paar Minuten später flüsterte Charlotte noch einmal: »Ist ja wirklich verrückt.«

Sie wußte selbst nicht, warum sie für den Rest der Nacht keinen rechten Schlaf mehr fand.

11

»Mich würde mal was interessieren, Mom«, sagte Chess beim Frühstück zu Charlotte. Er staunte selbst, wie leicht ihm das »Mom« und »Dad« schon von den Lippen ging. »Wie kommt es, daß wir hier kaum Weihnachtsschmuck haben?«

Chess wußte, daß er sich auf dünnes Eis begab, wenn er sich in die Gepflogenheiten der Familie einmischte. Aber seit gestern abend glaubte er, daß ihm kaum noch etwas passieren konnte. Er konnte sagen und tun, was er wollte, seine Zugehörigkeit zur Familie wurde einfach nicht in Frage gestellt. Nach elf Jahren Einsamkeit und Chaos zeigte sich das Schicksal endlich von der Sonnenseite. Folglich war Chess Folsom entschlossen, die Gunst der Stunde zu nutzen und alles, was er sich in seinen wildesten Phantasien vorgestellt hatte, bis zur Neige auszukosten. Ganz oben auf seiner Liste stand ein bombastisches Familienweihnachtsfest mit allen Schikanen.

Doch zu seiner Verblüffung löste die Frage nur ein ziemlich ungemütliches Schweigen aus.

»Wie meinst du das?« fragte Charlotte schließlich und hoffte, daß jemand das Thema wechselte. Aber niemand kam ihr zu Hilfe.

»Ich meine, guckt euch doch mal um«, sagte Chess. »Nennt ihr das etwa einen Weihnachtsbaum? Warum fahren wir nicht los und holen uns einen *richtigen* Baum? Mit richtiger Beleuchtung. Mindestens hundert Kerzen!

Ich möchte wetten, wir kriegen das doppelt so schön hin wie die Nachbarn. Wir könnten eine Lichtshow veranstalten, die man sogar auf dem Mond sieht!«

Chess spürte deutlich die Spannung, die sich im Raum ausbreitete, aber darauf nahm er keine Rücksicht. Wie konnte so ein Thema auch Ärger machen?

»Nun, Junge«, begann Jordan. »Du weißt doch genau, daß wir nie ... wie soll ich sagen ... zu denen gehörten, die ...«

»Aber warum nicht?« beharrte er. »Alle in dieser Stadt hier – in der ganzen *Welt* sogar – sind in Weihnachtsstimmung. Wieso dann nicht *wir*?«

Amber räusperte sich. »Vielleicht hat Artie recht«, sagte sie leise, »vielleicht ... ist es wirklich mal soweit.«

»Wieso denn *vielleicht*?« brauste Chess auf. »Ganz *sicher* ist es soweit! Ich schlage vor: Nach der Aufführung heute abend fahren wir alle nach Hause und schmeißen eine Party. Richtig mit Kaminfeuer und Eierlikör und Weihnachtsliedern. Das ganze Programm. Ich meine ... so machen das doch die Familien, oder?« Sein Blick wanderte von Jordan zu Charlotte und wieder zurück. »Was sagt ihr dazu?«

»Wir denken drüber nach, Artie«, sagte Jordan.

»Was gibt's da noch zum Nachdenken? Machen wir's doch einfach!«

Jordan nickte. »Wir denken drüber nach.«

Jordan dachte noch immer darüber nach, als er eine Stunde später im Stau auf der Interstate 15 stand. Es hatte in der Nacht wieder geschneit, und der Sturm war noch nicht vorüber. Die morgendlichen Pendler hatten offenbar vergessen, was es hieß, im Dezember auf den Highways von Utah Auto zu fahren. Die verschiedensten

Rettungs- und Abschleppfahrzeuge rasten auf der Standspur vorbei. Er wußte nicht im entferntesten, wie weit er von der Unfallstelle entfernt war oder wie lange es noch dauern würde.

Der Scheibenwischer schlug einen gleichmäßigen Takt. Während seine Augen dem Hin und Her des Gummistreifens folgten, wanderten seine Gedanken zurück zu dem Schicksalstag vor acht Jahren. Anfangs sträubte er sich, denn die quälenden Bilder überfielen ihn gewöhnlich in den Stunden der Schlaflosigkeit, wenn er zu schwach war, um sie zu verscheuchen. Jetzt aber war es Tag, und er fühlte sich klar und bei Kräften. Aber seine Abwehr gab nach, die schrecklichen Erinnerungen stürmten auf ihn ein und zeigten sich mit einer Deutlichkeit, wie er sie nie zuvor erlebt hatte.

Damals hatte es im Dezember – zu Weihnachten – noch mehr Schnee gegeben als diesmal, und die Staus auf den Straßen nahmen kein Ende. Man kam nicht mehr nach mit dem Schneeräumen, und zweimal wurde sein Auto vor dem Büro vom Schneepflug begraben. Doch trotz dieses Wetters war Jordan Holiday der glücklichste Mensch der Welt gewesen.

Seine Software-Firma hatte den internationalen Durchbruch erzielt. Es war sein erster großer Erfolg nach vier Jahren finanzieller Probleme und Rückschläge. Plötzlich, beinahe über Nacht, strömte das Geld auf sein Konto. Zum erstenmal in ihrer noch jungen Ehe würden er und seine Frau Charlotte zusammen mit ihrer fünfjährigen Tochter Amber und den dreijährigen Zwillingen Artemus und Andrew die Früchte des Erfolgs so richtig genießen können. Und das Schönste daran war, sie würden es zu Weihnachten tun.

Jordans erster Geschäftsabschluß in jenem Winter war

der Kauf seines Traumhauses, obwohl er eigentlich nicht materialistisch veranlagt war. Den Wunsch nach Booten, Sportwagen und anderen Luxusspielzeugen konnte er sich ohne weiteres versagen. Aber eine Schwäche konnte er doch nicht leugnen: Er hatte immer von einem großen Haus auf einem ansehnlichen Stück Land geträumt. Gemeinsam mit Charlotte hatte er auf einer Liste über zwei Dutzend Punkte zusammengestellt. Das Haus, für das sie sich dann entschieden, erfüllte diese Anforderungen bis ins kleinste Detail. Das Grundstück lag am südlichen Ende des Tals und entsprach auch dem Wunsch, auf dem Jordan am hartnäckigsten bestanden hatte: Es reichte bis ans Ufer des Jordan River, und das an einer Stelle, wo es von frisch ausgesetzten Forellen nur so wimmelte. Er malte sich aus, wie es sein würde, wenn er bei Sonnenaufgang hinunterging und noch vor der Fahrt zur Arbeit eine Forelle in der Pfanne hatte.

In jenem Jahr sollte auch die Bescherung am Weihnachtsmorgen alle Wünsche der Kinder in den Schatten stellen. Nach dem Auspacken der Geschenke sah das Wohnzimmer aus wie eine Wüste aus Knüllpapier und Bindfäden. Doch ungeachtet der vielen teuren Geschenke, die die Zwillinge in zwei getrennten Ecken des Raums aufgestapelt hatten, galt ihre Begeisterung fast ausschließlich den beiden Segelflugzeugen aus Styropor, obwohl die lediglich sechs Dollar und sechsundneunzig Cent gekostet hatten. Noch vor dem Frühstück mußte Charlotte ihre Dreijährigen in die identischen Handschuhe, Schals und Lederjacken mit der Aufschrift »Attack Force« verpacken, damit sie ihre neuen Spielzeuge im Freien ausprobieren konnten.

Jordan war gerade dabei, Speck zu braten, als seine Frau ihn bat, nach den Kindern zu schauen.

»Moment noch«, sagte er und sorgte dafür, daß jeder Streifen ordentlich gewendet wurde.

Er trug nur T-Shirt und Jogging-Hose, als er auf die hintere Veranda hinausging und nach den Zwillingen rief. Keine Antwort. Jordan blickte in die Runde. Sie waren nirgends zu sehen. Er wollte gerade ums Haus in den Vorgarten gehen, als ihm einfiel, daß ein kleiner Junge es viel spannender finden würde, sein Flugzeug auf der Böschung am Flußufer zu testen. Knurrend stapfte er die fünfzig Meter durch den in der Morgensonne gleißenden Schnee bis zum Abhang. Als er am Rand der Böschung angekommen war und zum Fluß hinabblickte, stockte ihm der Atem.

»Andrew!« schrie er. »Nicht bewegen! Bleib, wo du bist!«

Andrews Segelflugzeug war auf einer Eisscholle gelandet, die vom Ufer in den Fluß hineinragte. Artemus stand mit seinem Flugzeug am Rand und schaute arglos zu, wie Andrew aufs Eis hinaus tappte, um sein Flugzeug zurückzuholen.

Es war, als hätte nur noch Jordans Stimme gefehlt, um mit ihrer Lautstärke die Scholle zum Brechen zu bringen. Er stolperte in aller Hast den Abhang hinunter, als Andrew, bis zum Jackenkragen im eiskalten Wasser versunken, um Hilfe schrie.

»Nicht bewegen!« brüllte Jordan ein zweites Mal, während sein Sohn versuchte, sich am Eisrand festzukrallen.

»Daddy!« schrie Andrew.

»Lauf zur Mutter!« rief Jordan Artemus zu. »Sag ihr, sie soll die 911 anrufen! Hast du verstanden? 911!«

Jordan legte sich flach aufs Eis und kroch auf seinen Sohn zu, der verzweifelt gegen die Strömung ankämpfte.

Jordan war fast bei ihm, es fehlten nur noch Zentimeter, und er hätte ihn am Ärmel packen können, da brach der Rest der Scholle ab.

»Daddy, hilf mir, Hilfe...!«

Der Fluß zog ihn sofort nach unten. Der Ausdruck des Entsetzens auf dem Kindergesicht brannte sich tief in Jordans Gedächtnis ein. Die Strömung trieb den wehrlosen Körper seines Sohnes unter eine größere und dickere Eisscholle, die fast den ganzen Fluß bedeckte. Jordan schrie Andrews Namen und rannte fünf Meter weiter zum anderen Ende der Scholle, in der verzweifelten Hoffnung, daß die Strömung ihn wieder hergeben würde. So kräftig, wie sie war, hätte das in wenigen Sekunden passieren müssen. Drei oder vier endlose Sekunden!

Das Kind tauchte nicht wieder auf.

»ANDYYYYY!«

Noch immer in T-Shirt und Jogging-Hose, sprang Jordan kopfüber in die schwarze Flut. Er schwamm gegen die Strömung unter die Eisscholle, wurde aber gleich abgetrieben und tauchte immer von neuem an die Stelle, wo er seinen Sohn vermutete. Die eisige Kälte drang ihm bis ins Mark. Der Adrenalinstoß, der ihn gegen den Frost unempfindlich gemacht hatte, verlor die Kraft, seine Glieder wurden steif, im Kopf drehte es sich. Die Strömung begann ihn fortzutreiben. Ihm wurde bewußt, daß er in derselben Gefahr schwebte wie sein Sohn, aber das kümmerte ihn nicht. Der Schock, den er erlitten hatte, war unerträglich. Das Entsetzen in den Augen seines Sohnes! Lieber wollte er sterben, als diesen maßlosen Schmerz auf sich zu nehmen.

Und dann hörte er das Flüstern, oder er glaubte es zu hören, nur wenig lauter als das Rauschen und Gurgeln des Wassers, sanft wie ein Glöckchen: *»Nun ist's gut,*

Daddy. Ich muß nicht mehr frieren. Ich muß nicht mehr frieren.«

Jordan verkeilte sich in die Äste eines umgestürzten Baums. Dort hing er bis zu den Schultern im Wasser, steif und gefühllos vor Kälte, heiß waren nur die Tränen, die ihm auf den Wangen brannten. Einen Moment später verlor Jordan das Bewußtsein und für immer einen Teil seiner Seele.

Artemus war oben auf der Böschung im Schnee stehengeblieben. Er hatte nicht die Kraft, seinen Blick von der schrecklichen Szene loszureißen. Der kleine Junge war noch immer wie gelähmt, als seine Mutter ihn fand. Von dem Tag an lebte er in dem Bewußtsein, daß er versagt hatte. Er hatte die Mutter nicht gerufen. Er hatte den Auftrag des Vaters nicht erfüllt. Er hatte das Leben seines Bruders auf dem Gewissen. Dieses Wissen setzte sich in ihn fest und würde ihn nie wieder verlassen.

Suchtrupps durchforschten den Fluß meilenweit stromabwärts, doch er war zu sehr vereist. Es gab zu viele versteckte Winkel, in denen sich der Ertrunkene hätte verfangen können. Erst im Frühling wurde Andrews Leiche schließlich geborgen; er trug noch immer die ausgebleichte und schlammverkrustete Lederjacke mit der Aufschrift »Attack Force«.

Nach dem Unfall mußte sich Jordan drei Tage lang im Krankenhaus von der Unterkühlung erholen. Kaum hatte das neue Jahr begonnen, verkauften sie das Traumhaus am Ufer des Jordan River. Und noch bevor die Leiche des kleinen Andrew gefunden worden war, kauften die Holidays eine Grabstelle auf dem nahegelegenen Friedhof und errichteten einen Grabstein für ihn. An einem milden Märzmorgen schließlich wurde sein Körper zur letzten Ruhe gebettet. Es war derselbe Tag, an dem die untröstliche Mutter die erste weiße Gardenie am Grabstein niederlegte, und diese Zeremonie hatte sie acht Jahre lang Monat für Monat wiederholt.

In jenem Jahr hatten sie nicht nur ihren Sohn begraben, sondern mit ihm auch die Freude am Weihnachtsfest. In den nachfolgenden Jahren hatten sie ihren verbliebenen Kindern zuliebe versucht, die Feiertage nach alter Gewohnheit zu begehen, aber es zeigte sich bald, daß die rechte Stimmung nicht aufkommen wollte. Mit dem Fest verbanden sich zu viele leidvolle Erinnerungen. Jedes weihnachtliche Ritual wühlte den Schmerz von neuem auf – auch die Kinder empfanden das so. Nicht einmal das Wesen, dessen Geburt mit dem Weihnachtsfest gefeiert wurde, war imstande, sie von ihrer Trauer zu erlösen. Und für eine Familie, die ihrem Glauben so sehr zugetan war wie die Holidays, war dieser Umstand vielleicht der schmerzlichste von allen. Die tröstende Kraft des Erlösers versagte ausgerechnet an jenem Tag, da sie am stärksten hätte sein müssen und am dringendsten gebraucht wurde.

Während die Jahre vergingen, fand sich Jordan damit ab, daß sich im Wohnzimmer nie wieder eine Wüste aus zerknülltem Geschenkpapier und Bindfaden ausbreiten würde und daß man ohne weiteres auch ohne Lametta, Weihnachtslieder und das ganze Trara auskommen konnte. Wenn es hochkam, gönnte sich die Familie einen bescheidenen Plastikbaum und tauschte ein paar magere Geschenke aus. So war es in den letzten acht Jahren gewesen, und so würde es immer bleiben.

Das war der Grund, weshalb ihn die Sätze seines Sohnes so tief beunruhigten. Der Vorschlag des Jungen, die langjährige Gewohnheit zu durchbrechen und ein rauschendes Weihnachtsfest zu veranstalten, hatte nun dazu geführt, daß ihm das furchtbare Unglück, das ihr ganzes

Leben überschattete, wieder in aller Deutlichkeit vor Augen trat. Wie konnte Artemus nur so rücksichtslos sein? Schlimmer noch war, daß er auch Amber und sogar Charlotte auf seine Seite gezogen hatte. Charlotte war soweit gegangen, sich mit den Kindern nach der Schule zum Kauf eines großen Weihnachtsbaums mit allem Drum und Dran zu verabreden. Seine Kehle schnürte sich zusammen, wenn er nur daran dachte.

Er fragte sich, warum ihn diese Vorstellung so sehr ängstigte. War es etwa falsch, daß ausgerechnet sein Sohn, dem die Psychotherapeuten die gravierendsten seelischen Spätschäden attestierten, den Weg zu einem Schlußstrich und zu einem Neuanfang ebnete? Vielleicht hatte die ganze Familie nur auf diesen einen Anstoß gewartet? Konnte er damit leben, daß der entscheidende Impuls von Artemus ausging? Dreißig Jahre lang, bis zu dem Tag, an dem Andrew starb, war auch für Jordan das Weihnachtsfest ein Fest der Freude gewesen. Wie konnte es geschehen, daß ein einziger Vorfall ihm die Weihnachtstage für immer verdüsterte?

Weil Andrew vor meinen Augen ertrunken ist, hämmerte er sich ein. Weil ich ihn nicht zu packen bekam, weil ich sein Leben nicht retten konnte. Dieser Blick in seinen Augen, bevor ihn der Fluß für immer von mir fortriß!

Während der Verkehr auf der Interstate 15 schleppend in Gang kam, durchlebte er ein letztes Mal alle Einzelheiten des verhängnisvollen Tages. Beim Gedanken an den Moment, da er sich, bis zur Brust vom eisigen Wasser umspült, in den Ästen des Baums verfing, brannte ihm erneut eine Träne auf der Wange.

Und dann geschah etwas sehr Seltsames. Jordan atmete tief durch, seine Hände umgriffen fest das Lenkrad, und in ihm blitzte ein Bild auf: Das, was er an jenem Morgen gesehen hatte, kurz bevor es schwarz um ihn wurde.

Wie seltsam, dachte er, daß ich das vergessen habe. Noch seltsamer kam es ihm vor, daß es ihm erst jetzt wieder einfiel. Wieso gerade in diesem Moment? Es war klar, warum er diesen kleinen Umstand vergessen hatte. Neben dem tragischen Vorfall nahm er sich viel zu unbedeutend, zu trivial aus. Auch jetzt fand er ihn höchstens kurios. Dennoch ließ ihn dieses Detail nicht los. Er strengte seinen Geist an, bis das Bild in aller Deutlichkeit vor ihm stand, so wie er es damals gesehen hatte.

Ja, sagte sich Jordan. Jetzt erinnere ich mich genau.

Ihm wurde bewußt, daß das Auto hinter ihm schon längere Zeit hupte, er nahm den Fuß von der Bremse und ließ sich die Interstate hinabrollen, um seinen letzten Tag im Büro hinter sich zu bringen. Den letzten Arbeitstag vor Weihnachten.

12

Die längste Nacht im Leben von Artemus Holiday war schließlich vorüber, doch nur, wie es schien, um vom längsten Tag seines Lebens abgelöst zu werden.

Die Polizei hatte ihn zur Universitätsklinik gebracht, wo Ärzte und Psychologen ihn untersuchten, ausfragten und sich Notizen machten. Anfangs tippten sie auf Wahnvorstellungen und einen dramatischen Fall von multipler Persönlichkeit. Wie sonst konnte man sich erklären, daß der Junge glaubte, jemand anders zu sein?

Gegen vier Uhr morgens brachte man ihn in eine Einrichtung namens Child Haven, die sich direkt neben der Jugendhaftanstalt befand. Es war ein Heim mit niedrigen Zäunen ohne Stacheldraht, gedacht als vorübergehende Bleibe für mißhandelte und aufgegriffene Kinder. Artemus jedoch wußte es besser. Das war nichts anderes als ein Gefängnis. Er war ein Gefangener des Justizapparats von Las Vegas, Nevada, der ihn hirnamputierten und seelenlosen Monstern auslieferte. Wie sonst sollte er sich erklären, daß diese Bande ihm auch nicht ein einziges Wort glaubte?

»Lassen Sie mich nur dreißig Sekunden mit meinen Eltern in Salt Lake City sprechen«, bettelte er unablässig. »Dann wissen Sie, daß ich nicht lüge und daß ich so heiße, wie ich sage.«

Seine Hartnäckigkeit brachte ihm schließlich ein zustimmendes Nicken von Mr. Pulsipher ein, dem Leiter des

Child Haven. »Na gut«, willigte er ein. »Dreißig Sekunden.«

Artemus zitterte vor Erleichterung. »Sofort?«

Pulsipher lachte ihn aus. »Es ist vier Uhr nachts! Am Morgen darfst du anrufen.« Er hob warnend den Finger. »Aber denke dran. Ich höre auf dem anderen Apparat mit. Und jetzt möchte ich, daß du erst mal schläfst.«

Artemus wurde in ein Einzelzimmer mit kaltem Kachelfußboden gebracht, das sich im Hauptgebäude des Child Haven befand. Seine Nerven standen unter Hochspannung. Er glaubte nicht, daß er auch nur ein Auge zubekommen würde. Schließlich hatte er ja zwei Tage lang durchgeschlafen. Die erste Stunde verbrachte er damit, daß er zwischen dem Eß- und dem Wohnbereich hin und her marschierte und jedesmal auf die Uhr an der Wand blickte. Pulsipher hatte angekündigt, daß er ihn Punkt sieben wecken würde. Und fünf Minuten später, so glaubte Artemus, würde er seine Mutter am Apparat haben.

Gegen sechs Uhr streckte er sich auf der harten Matratze des Schlafzimmers aus und schloß die Augen. Er wanderte mutterseelenallein durch eine sturmgepeitschte Wüste. Ihm war, als wäre er seit Tagen unterwegs. Endlich fand er eine Schatztruhe. Aber als er den Deckel öffnete, stieß ihn jemand von hinten, und er fiel hinein. Ein Schlüssel drehte sich im Schloß. Gefangen! Er war von Gold und Edelsteinen umgeben, doch er hatte das Gefühl, ersticken zu müssen. Niemand hörte sein Klopfen. Niemand antwortete auf seine Rufe.

Artemus schreckte aus dem Schlaf und richtete sich auf. Als er klar sehen konnte, sah er, daß sein Bett von Menschen umringt war. Da stand Mr. Pulsipher mit dem Sergeant von gestern abend, neben ihnen ein uniformierter Wachmann der benachbarten Jugendhaftanstalt, außerdem ein Mann mit dunklen Locken und extrabreitem Schlips. Die Gesichter waren wie versteinert, nur das von Mr. Pulsipher und dem Lockenmann nicht. Diese beiden lächelten eher, aber ihr Lächeln wirkte wie eine Grimasse.

»Guten Morgen«, sagte Pulsipher.

Artemus rieb sich die Augen. Dem Licht nach glaubte er, daß es schon viel später als sieben Uhr war. Vielleicht hatten sie ihn ausschlafen lassen, weil er so spät eingeliefert worden war.

Pulsipher stellte den Mann mit den Locken vor. »Das ist Detective Quesinhurt. Er hat einige Informationen, die dich wahrscheinlich sehr interessieren werden, mein Junge.«

»Was für welche?« fragte Artemus noch halb benommen.

Quesinhurt kam näher und hielt ihm ein Foto unter die Nase. »Erkennst du diesen Mann?«

Artemus hielt den Atem an. Das war ein Verbrecherfoto von dem Mann aus dem Motel! »Das ist er!« rief Artemus. »Das ist der Mann, der mich entführt hat und mit mir nach Las Vegas gefahren ist!«

Quesinhurt und der Sergeant tauschten einen anerkennenden Blick. Der Sergeant hatte mit seiner Vermutung, daß es sich bei Boone Folsom oder Folsom Boone um einen gesuchten Schwerverbrecher handelte, offenbar ins Schwarze getroffen. Aber die Präsentation war noch nicht vorbei. Der Kommissar zeigte Artemus ein zweites Foto. »Und wie steht es mit diesem prächtigen Burschen? Erkennst du den auch?«

Artemus starrte auf das Bild. Ein lächelnder Junge, neun oder zehn Jahre alt, in einem zerknitterten Hemd.

Es sah aus wie die Vergrößerung eines der albernen Fotos aus dem Schuljahrbuch. Na klar! Das war der Knabe aus dem Klamottenladen, der ihm die Sachen geklaut hatte!

»Den kenne ich auch«, erklärte Artemus.

Allgemeines Gelächter erfüllte den Raum.

»Nun mal Spaß beiseite«, sagte der Kommissar. »Dann weißt du vielleicht, daß dieser junge Mann ganz schön für Wirbel gesorgt hat: Ausbruch aus dem Heim der Jugendfürsorge in Tallahassee, Florida, vor achtzehn Monaten, seitdem offenbar auf Verbrechertour mit seinem Onkel Boone Folsom quer durch die USA – Folsom ist übrigens in Florida wegen Mordes zur Fahndung ausgeschrieben. Hab ich recht, mein Sohn? Oder soll ich dich lieber Lawrence nennen? Meinetwegen auch Chess. Deiner Akte nach ist das dein Rufname.«

Artemus verstand nichts mehr. »Meine Akte? Sie denken, auf dem Bild, das bin *ich*? Ihr seid ja verrückt! Ihr seid alle verrückt!«

»Mach's dir nicht noch schwerer«, sagte der Detective. »Du bist da in ein ziemlich übles Fahrwasser geraten, mein Sohn. Zum Glück gibt es noch ein paar Menschen, die sich Sorgen um dich machen und sich fragen, wo du so lange gesteckt hast.«

»Hören Sie! Das *bin* ich nicht! Ich kann's beweisen! Ich brauch nur meine Eltern anzurufen!« Er wandte sich an Pulsipher. »Sie haben mir versprochen, daß ich sie anrufen darf!«

Pulsipher zuckte nur die Schultern. Artemus atmete heftig. Der Alptraum war nicht vorbei, er fing jetzt erst richtig an!

Quesinhurt fuhr fort. »Du wirst nach nebenan in den Jugendarrest überstellt, bis die Staatsanwaltschaft in Florida die Überführung veranlaßt. Das kann ein paar Tage dauern, weil Weihnachten vor der Tür steht. Zwischenzeitlich bist du gut beraten, unsere Bemühungen um die Festnahme deines Onkels zu unterstützen ...«

»*Neeein*!« brüllte Artemus. »Ich heiße weder Chess noch Lawrence oder sonstwie! Bitte! Sie müssen mir zuhören! Das ist alles ein gewaltiger Irrtum!«

Der Detective seufzte und wandte sich zum Wachmann. »Schaffen wir ihn erst mal nach nebenan. So kommen wir nicht weiter.«

Artemus sah etwas Metallisches glänzen, als der Wachmann die Hand aus der Tasche zog. *Handschellen*! Die wollten ihn abführen wie einen gemeinen Verbrecher! Panik, Wut und Verzweiflung überkamen ihn in Schüben. Das Leben, das er kannte, war nun vorbei. Mit jenem Knall im Parkhaus war es einfach verpufft. Weihnachten durfte er nun im Jugendknast von Nevada verbringen, Silvester hinter Schloß und Riegel in Florida! Und wenn er seinen Vater, seine Mutter und seine Schwester nie wiedersah? War so etwas überhaupt möglich?

Er überlegte nicht länger; seine Instinkte übernahmen das Kommando. Mit eingezogenem Kopf und rudernden Fäusten stürzte er auf die Tür zu. Pulsipher und der Wachmann verstellten ihm den Weg. Als Pulsipher ihn bei der Schulter packte, stieß ihm Artemus das Knie in den Unterleib und setzte ihn außer Gefecht.

Der Wachmann langte nach seinem Arm und streifte die Handschelle flink über sein rechtes Handgelenk. Artemus sah den Daumen des Mannes vor sich und biß kräftig zu. Der Wachmann jaulte auf und ließ ihn los. Schon war Artemus an der Tür, aber da stand der Sergeant. Artemus warf sich zu Boden, der Sergeant stolperte über ihn. Der Wachmann, der sich den angebissenen Daumen hielt, machte den halbherzigen Versuch, Artemus zu pakken, aber er war schneller und rannte geduckt hinüber ins Eßzimmer, wo er ein paar billige Stühle und einen kleinen runden Tisch umwarf, um Quesinhurt und den Wachmann zu bremsen. In weiten Sprüngen nahm er die Treppe hinab zum Ausgang und entging mit knapper Not drei verschiedenen Armen, die ihn aufhalten wollten. Der Hof lag vor ihm. Jetzt mußte er es nur noch bis zum Zaun schaffen …

Auf der Wiese spielten Kinder. Einige sprangen auf und brüllten ihm tatsächlich »Schneller! schneller! schneller!« zu. Bis zur Freiheit waren es nur noch ein paar Schritte. Die Handschellen baumelten ihm noch am Gelenk, als Quesinhurt, Pulsipher und der Sergeant aus dem Haus gerannt kamen.

Hinter dem Zaun, der so hoch war wie er selbst, begann ein Industriegelände mit Rohrstapeln und riesigen Kabeltrommeln. Als er sich über den Zaun schwang und dabei den Ärmel sauber vom Hemd trennte, spürte er Quesinhurts Hand im Rücken. Aber der Detective bekam ihn nicht mehr zu fassen. Artemus ließ sich auf der anderen Seite hinabfallen. Er war mindestens dreißig Meter gelaufen, bis sich der erste Verfolger über den Zaun gequält hatte, und er brach alle Schulrekorde, die er jemals hätte erringen können. Als er über einen weiteren Zaun in einen Park gelangte, waren die meisten Verfolger schon umgekehrt und hasteten nun nach ihren Autos und Telefonen.

Noch immer barfuß, lief er keuchend weiter in westlicher Richtung, er überquerte eine Straße, die Mojave Street hieß, und gelangte auf eine Großbaustelle, wo die halbfertigen Häuser lange, zerklüftete Schatten warfen. Nach einer weiteren Minute war er mit der Puste am Ende, seine Beine waren wie Gummi, er floh in einen

Rohbau und suchte sich ein schattiges Eckchen. Dort hockte er sich hin und wartete, bis er wieder zu Atem kam, dann brach er in Tränen aus.

Vorläufig war er in Freiheit, aber was nützte das? Völlig abgebrannt, ohne Schuhe, ausgehungert und entmutigt, ein gesuchter Ausbrecher und vierhundert Meilen von zu Hause weg – seine Lage war hoffnungslos. Er kauerte sich in die Ecke. Ein Stunde lang blieb er reglos sitzen. Er versuchte seine Gedanken zu sortieren, aber sie wollten sich einfach nicht ordnen. Nicht einmal das Jaulen der Polizeisirenen, das mehrmals näherkam und sich wieder entfernte, konnte ihn aus der Erstarrung aufschrecken. In ihm herrschte nur ein Gedanke: *Ich will nach Hause. Bitte, bitte, laßt mich nach Hause!*

Boone Folsoms Buick schluckte Meile um Meile des einsamen Highway im südlichen Utah. In vier Stunden bin ich in Salt Lake City, sagte sich Boone. Und dann, so hoffte er, würde sich das große Rätsel sehr schnell aufklären. Es wurde auch allmählich Zeit. Nach dem letzten Tanken hatte er nur noch fünfzehn Dollar übrig. Zwar konnte er die Summe in einem Minimarkt bei St. George beinahe verdoppeln, als er die blutjunge Kassiererin bat, ihm die Scheine zu wechseln. Es gelang ihm, das Mädchen so zu verwirren, daß sie ihm zwei Fünfer zuviel herausgab – ein alter Wechseltrick, der sich in Notfällen immer wieder bewährte. Und doch wußte er, daß er mit diesen kleinen Summen nicht weit kommen würde. Er mußte seinen Partner wiederhaben, seinen kleinen Glücksbringer. Jetzt erst wurde ihm klar, wie sehr er auf Chess angewiesen war. Es widerstrebte ihm, das zuzugeben, aber inzwischen war es eine Überlebensfrage geworden.

Mußte er befürchten, daß Chess irgendwie mit den Behörden aneinandergeraten war? Boone grinste verschlagen. Doch nicht Chess! Wenn der Junge nur halb so clever war, wie er vermutete, sahnte er jetzt kräftig ab und schwelgte im Luxus der Familie Holiday in Salt Lake City, 3496 South Glendora Court.

Oder war es 3964? Er war sich nicht sicher. Aber das war kein Problem: Die Adresse konnte er ohne weiteres im Telefonbuch nachschlagen. In Boones Gedanken hatte sich unversehens eine heimliche Hoffnung eingeschlichen. Er träumte von den verlockenden Aussichten, die sich vielleicht eröffneten, wenn das Haus in einer besseren Gegend von Salt Lake City gelegen war. Wenn das zutraf, konnte es sehr interessant werden. Gut möglich, daß Chess direkt auf einer Goldader hockte, die nur darauf wartete, von einem berufenen Schatzsucher freigelegt zu werden. Zum Beispiel von Boone.

Ihm war bewußt, daß solchen Ambitionen einiges entgegenstand. Was, wenn sich der manchmal etwas eigensinnige Chess weigerte, mitzumachen? Oder wenn diese Idiotenfamilie den Nerv hatte, Krawall zu schlagen? Um diese Bedenken zu zerstreuen, liebkoste Boone das rissige Kunststoffpolster des Beifahrersitzes. In den Sprungfedern versteckt schlummerte sein .38er Revolver. Werd ich wohl kaum brauchen, sagte er sich. Er nahm nicht an, daß ihm irgend jemand allzuviel Ärger machen würde.

13

Es wurde schon dunkel, als sich Artemus endlich aus seinem Versteck hervorwagte. Das dumpfe Hungergefühl trieb ihn zum Handeln. Seit drei Tagen hatte er keine richtige Mahlzeit mehr zu sich genommen. Seit den paar Happen im Krankenhaus gestern abend hatte er überhaupt nichts mehr gegessen. Zum Glück gab es in dem Rohbau einen Wasserhahn, so daß er wenigsten den Durst löschen konnte. Andernfalls wäre er in Las Vegas, wo es auch zu Weihnachten achtundzwanzig Grad warm wurde, einfach verdurstet.

Er hatte genügend Zeit gehabt, seine nächsten Schritte zu planen. Viel war ihm jedoch nicht eingefallen. Er hatte überlegt, ob er nicht irgendwo einbrechen sollte, um das Telefon zu benutzen, aber dazu fehlte ihm dann doch der Mut. Bei seinem Pech würde er prompt an ein Haus geraten, in dem ein drei Zentner schwerer Sumo-Ringer mit scharf geladener Kanone wohnte. Schließlich nahm er sich vor, irgendwen um einen Vierteldollar zu bitten und damit ein R-Gespräch nach Salt Lake City anzumelden.

Als er auf die Straße hinaustrat, schob er die Hand mit der Handschelle unters Hemd. Er blieb auf der Hut. Der Jugendknast war nur ein paar Ecken entfernt. Hinter jedem Fensterspalt vermutete er Spione, die ihren Kumpanen über Funk meldeten, daß sie das gesuchte Subjekt soeben gesichtet hätten – Zeit, die Beute einzukreisen. Es hätte ihn nicht überrascht, wenn seine Flucht in den

Abendnachrichten verkündet worden wäre. Wahrscheinlich hielt ganz Las Vegas Ausschau nach einem barfüßigen Elfjährigen in blauen Hosen, einem zerrissenen Hemd und Handschellen, die ihm am rechten Handgelenk baumelten.

Ungeachtet seiner Ängste war es ein recht stiller Abend. Die wenigen Fußgänger und Autofahrer, denen er begegnete, verschwendeten kaum einen Blick auf ihn. Trotzdem beruhigte es ihn, daß es dunkel wurde und er immer unsichtbarer wurde.

Er wandte sich nach Norden und dann nach Osten, wobei er sich stets für die stilleren Straßen entschied. Endlich gelangte er auf eine belebte Straße, die Lamb Avenue hieß. Dort fand er eine Tankstelle mit Minimarkt und ein paar Telefonautomaten. Er atmete tief durch, setzte den traurigsten Hundeblick auf, zu dem er fähig war, und nahm eine Frau ins Visier, die gerade die Zapfpistole einhängte.

Er räusperte sich. »Guten Abend. Ich wollte Sie fragen, ob Sie mir vielleicht einen Vierteldollar leihen könnten, wenn ich Ihnen zur Sicherheit meinen Namen und meine Adresse gebe.«

Die Frau erschrak, als hätte Artemus sie überfallen. War es hier etwa üblich, daß Elfjährige die Passanten ausraubten?

»Hab kein Kleingeld«, erwiderte sie, verzog sich schleunigst in ihr Auto und brauste davon, ohne sich umzusehen.

Artemus wurde puterrot. Selbst in seiner verzweifelten Lage konnte er die Demütigung, um einen lumpigen Vierteldollar betteln zu müssen, nicht verwinden. Noch vor drei Tagen hätte er jeden, der Geld von ihm gewollt hätte, einfach ausgelacht oder ihm geraten, es doch einmal mit

Arbeit zu versuchen. Jetzt nimmt die Welt an mir Rache, dachte Artemus.

Er wandte sich den Telefonen zu. Am linken Apparat stand eine absolut verkommene Gestalt mit langem Haar, verfilztem Bart, ausgeleiertem T-Shirt, eine Zigarette in der linken, eine überdimensionale Bierflasche in der rechten Hand. Den Hörer zwischen Hals und Schulter geklemmt, führte er mit matter Stimme seine Unterhaltung.

Artemus kam auf eine Idee. Konnte es nicht sein, daß im Rückgabefach des anderen Telefons ein Vierteldollar lag? Er hatte schon öfter gesehen, daß arme Schlucker dort nachschauten. Warum sollte er kein Glück haben? Sicher wußte Gott, in welcher Klemme er steckte. Vielleicht hatte der Himmel dort eine Münze für ihn deponiert? Sein Gottvertrauen geriet ins Wanken, als er den Finger in das Loch steckte.

Nichts. Fehlanzeige. Kein Cent.

Er drückte auf den Rückgabeknopf. Auch das brachte nichts.

»Brauchste 'n Vierteldollar, Junge?«

Der Mann am anderen Telefon nahm einen letzten Zug aus seiner Zigarette und wühlte in der Hosentasche. Er warf Artemus die Münze zu. »Fröhliche Weihnachten!«

Artemus fing sie mit links auf, da er ja die rechte Hand unter dem Hemd verstecken mußte. Ungläubig starrte er den fremden Mann an, der sein tristes Gespräch fortsetzte.

»Danke«, sagte Artemus.

Der Mann lächelte dünn und wandte sich wieder seinem Gespräch zu, das offensichtlich nicht erfreulich war. Artemus war von einem Mann gerettet worden, den er unter anderen Umständen gemieden hätte wie die Pest.

Mehr noch, der Mann hatte ihn gerettet, obwohl er selbst in einer Krise steckte. Artemus war tief beschämt.

Aber jetzt hieß es handeln. Die Erlösung war zum Greifen nah. Artemus warf die Münze ein und wählte die Vermittlung. »Ein R-Gespräch für folgende Nummer bitte«, sagte er, als sich die Stimme meldete. »Von Artemus. Oder nein, sagen Sie lieber: von eurem Sohn Artie.«

»Bitte warten, ob die Gebührenübernahme akzeptiert wird«, sagte die Stimme.

Ob sie akzeptiert wird? Nicht im Traum hatte Artemus mit der Möglichkeit gerechnet, daß man seinen Anruf zurückweisen könnte. Wenn nun der Polizist recht hatte? Wenn ihn nun seine Familie nicht mehr wollte? *Unmöglich*! *Natürlich* wollten sie ihn wiederhaben! Was denn sonst?

»Dort meldet sich nur der Anrufbeantworter«, sagte die Stimme. »Versuchen Sie es später noch einmal.«

»Warten Sie!« rief Artemus. »Kann ich eine Nachricht hinterlassen?«

»Dafür müssen Sie einen zusätzlichen…«

»Bitte, bitte! Nur eine ganz kurze! Nur zehn Sekunden!«

»Versuchen Sie es später noch einmal.«

»Nur *fünf* Sekunden! Bitte nicht aufl…!«

Die Verbindung war weg. Artemus legte verzweifelt auf. Wo konnten sie stecken? Er holte seinen Vierteldollar aus dem Rückgabefach. Der Mann, der ihm geholfen hatte, war weg. Artemus sah ihn in einen rostigen Lieferwagen steigen. Ich wage es, sagte er sich. Ich frage ihn, ob er mir noch ein bißchen mehr Kleingeld gibt. Aber gerade, als er hinübergehen wollte, fuhr ein Streifenwagen zum Tanken vor. Artie erschrak. *Nichts wie weg!* Doch wohin? In den Laden!

Er schlüpfte in den Minimarkt und verdrückte sich in die hinterste Ecke. Der Mann an der Kasse las die Zeitung und bemerkte ihn nicht. Artemus verschanzte sich hinter dem Regal mit den Kartoffelchips. Der Polizist kam herein. »Zehn Dollar auf Nummer vier«, sagte er, lehnte sich an die Verkaufstheke und ließ den Blick durch den Laden schweifen.

Artemus drehte sich um und tat so, als wollte er sich Sodawasser nehmen. Seine Hand mit dem Becher zitterte, als er das Wasser einließ. Die andere Hand mußte unbedingt unter dem Hemd bleiben. Die nächsten Sekunden waren eine Folter. Beobachtete ihn der Polizist? Hatte er ihn erkannt?

Die Türglocke klingelte, der Polizist war gegangen. Das war knapp, sagte sich Artemus mit einem Stoßseufzer. So konnte es nicht weitergehen. Es war viel zu gefährlich, hier herumzustehen und alle fünf Minuten ein neues R-Gespräch zu versuchen. Aber hatte er eine andere Wahl?

Der Kassierer beäugte ihn mißtrauisch, und Artemus ging lieber hinaus. Schlug der Mann jetzt Alarm? Artemus verwarf den Gedanken. Er machte sich ja noch verrückt!

In diesem Moment fiel sein Blick auf einen weißen GMC-Pickup, der an einer Zapfsäule hielt. Der Fahrer trug einen Cowboyhut mit Weste, doch was Artemus elektrisierte, war das Nummernschild. Utah! Der Fahrer kam aus seinem Heimatstaat!

Der Pickup war hinten mit einer blauen Plane bedeckt, die Artemus auf einen ganz neuen Gedanken brachte. Ob der Cowboy das Auto volltankte, weil er *nach Hause* wollte? Artemus zögerte nicht lange. Als der Fahrer ging, um zu bezahlen, schlich er sich hinter das Auto und lüftete einen Zipfel der Plane. Auf der Ladefläche lag ein Haufen Pappschachteln und anderer Kram. Die Plane war nur dazu da, daß die Sachen nicht hinausfielen. Nach einem prüfenden Blick in die Runde zwängte sich Artemus durch den Schlitz nach innen und legte sich neben den rechten Radkasten. Er mußte damit rechnen, daß der Cowboy in Las Vegas blieb und das Auto über Nacht irgendwo abstellte. Aber noch schlimmer, als es schon war, konnte es kaum kommen. Und wenn er nun einen Volltreffer gelandet hatte? Wenn der Mann auf kürzestem Wege nach Salt Lake City abdüste? Dann wäre er schon morgen früh *zu Hause*!

Artemus hörte die Tür der Fahrerkabine auf- und zugehen. Das bohrende Gefühl im Magen setzte wieder ein. Er mußte unbedingt etwas essen. Seine Kräfte verließen ihn schon. Als das Auto losfuhr, malte er sich seine Lieblingsgerichte aus – alle mit köstlicher Bratensauce. Dabei kaute und schluckte er, als hätte er tatsächlich einen gefüllten Teller vor sich. Jetzt fiel ihm beschämt ein, daß er seine Mutter nie für ihre Kochkünste gelobt hatte – oder überhaupt für irgend etwas, wenn er schon dabei war. Bei der ersten Gelegenheit werde ich das tun, nahm er sich vor. Ich werde allen sagen, wie sehr ich sie vermißt habe, wie sehr ich sie mag und... Er schluckte, weil ihm der Gedanke die Kehle zuschnürte.

Er war unterwegs. Es konnte nicht mehr lange dauern. Zum ersten Mal seit Tagen hatte er wieder das Gefühl, daß es heimwärts ging.

14

Das war eine Schneeballschlacht! Jeder gegen jeden – in diesem Fall Chess gegen Charlotte und Amber. Als er die beiden unnachsichtig zum Rückzug in die Garage trieb, sah es noch nicht so aus, als würde seine männliche Überlegenheit ernstlich auf die Probe gestellt werden. Er ahnte nicht, daß schon eine Verschwörung im Gang war. In einem günstigen Moment packte ihn Amber von hinten, und Charlotte griff sich einen leeren Plastikeimer und überschüttete ihm mehrmals mit Schnee.

»Onkel!« schrie Chess. »Onkel, Hilfe!«

»Wo ist er denn?« fragte Amber scherzhaft. »Ich sehe keinen Onkel!« Und stülpte ihm ebenfalls einen Eimer Schnee über den Kopf.

»Ich ergebe mich ja schon!«

»Okay, jetzt hat er wohl genug«, rief Charlotte lachend und außer Atem. »Bringen wir den Baum rein. Mir frieren die Hände ab!«

Sie hinterließen eine Spur von Tannennadeln, als sie den Baum, der größte, den sie gefunden hatten, von der Haustür bis ins Wohnzimmer schleppten. Er war fast vier Meter hoch und wurde in der Ecke aufgestellt, wo die Treppe auf die Balustrade mündete. Fortan beherrschte der majestätische Anblick das ganze Haus. Charlotte holte drei verstaubte Kartons aus dem Keller, in denen der alte Christbaumschmuck und andere Weihnachtssachen aufbewahrt wurden. Seit fast acht Jahren hatte sie die Kartons nicht mehr geöffnet. Sie wickelte den alten weißen Glitzerengel mit den schwarzen Locken aus dem Zeitungspapier. Liebevoll strich sie das Engelshaar glatt und stellte fest, daß er noch immer prächtig aussah. Ihre Augen wurden feucht. Wie hatte sie zulassen können, daß all diese Kostbarkeiten so lange in den Kartons schlummern mußten? Chess durfte den Engel von der Balustrade aus auf die Spitze des Baums setzen. Charlotte und Amber schauten andächtig aneinandergeschmiegt von unten zu.

»Meinst du, das wird Dad gefallen?« fragte Amber.

»Ja«, erwiderte Charlotte sanft. »Ich glaube schon.«

Kurz vor sechs steuerte Jordan das Auto in die Einfahrt. Der Anblick, der ihn erwartete, löste eine kindliche Erregung in ihm aus – dieselbe Erregung, die ihn gepackt hatte, als er mit dem Vater zum ersten Mal die Lichterkette auf der Veranda des alten Hauses in der 17th Street anbrachte. Nun sah sein Haus mit den Lichterketten an der Hausfront und im Vorgarten ganz ähnlich aus. Charlotte mußte mit den Kindern den ganzen Nachmittag daran gearbeitet haben. Klar, fast alle Grundstücke der Nachbarschaft waren auf ähnliche Weise dekoriert. Aber das war *sein* Vorgarten, das war *sein* Haus. Seine Erregung wuchs noch mehr, als er in das Wohnzimmer kam und den riesigen Baum mit all dem Weihnachtsschmuck erblickte. Es war wieder Weihnachten bei den Holidays. Wirklich und wahrhaftig Weihnachten. Und das alles nur, weil sein Sohn es gewagt hatte, den Bann zu brechen.

Jordan fing den Blick seiner Frau auf. Sie sah, daß er gerührt war, und das rührte sie noch mehr. Sie fielen einander in die Arme und kosteten das Gefühl aus, in der Gewißheit, daß ihr kleiner Sohn im Himmel zustimmend lächelte.

Chess blickte von der Balustrade herunter. »Ich glaube, ich kriege den Akzent jetzt hin«, verkündete er. Dann sagte er die Zeilen auf, die er im Stück zu sprechen hatte. Jordan kam der Akzent eher australisch als englisch vor – südaustralisch, um genau zu sein. Aber wenigstens konnte er seinen Text, ohne zu stolpern.

Eine halbe Stunde später stieg die Familie wieder ins Auto, um Chess zur Premiere des Weihnachtsstücks an der Eastmont-High-School zu bringen. Es war schon dunkel, als sie losfuhren.

Um auch ein wenig zur Weihnachtsstimmung beizutragen, schlug Jordan vor, ein paar Lieder zu singen, und prompt schmetterte Chess los: »Ein Rentier rannte über meine Oma …« Amber stimmte sofort ein.

Jordan sagte lächelnd zu Charlotte: »Nun ja, für den Anfang reicht es ja.«

Als sie um die Ecke bogen, sangen Jordan und Charlotte schon den Refrain mit.

Niemand bemerkte den Buick, der unbeleuchtet am Straßenrand parkte. Oder den Schatten des Mannes, der hinter dem Steuer saß.

Schlau wie ein Fuchs! Boone lachte in sich hinein. Der Junge hatte was drauf, da gab es keinen Zweifel. Und so was von frech! Diese Nummer war wirklich reif für Hollywood – oder wenigstens für das Lehrbuch der Hochstapelei. Könnte direkt von mir sein, dachte Boone.

Er konnte es kaum abwarten, sich in allen Einzelheiten erzählen zu lassen, wie Chess es geschafft hatte, in die Rolle eines reichen Mustersöhnchens zu schlüpfen und eine wildfremde Familie glauben zu machen, er wäre ihr rechtmäßiger Sohn. Als der Lexus mit unbekanntem Ziel um die Ecke gebogen war, startete Boone seinen Buick, wendete auf der eisglatten Straße und folgte in sicherem Abstand.

Die Holidays fuhren auf den Parkplatz einer Schule, Boone bog ebenfalls ein und stellte sein Auto ein paar Reihen weiter ab. Er sah Chess in einen Seiteneingang verschwinden, nachdem ihm die Frau, die glaubte, seine Mutter zu sein, einen Kuß – man denke nur! – gegeben hatte. Als sie nach Eintrittskarten anstanden, war Boone nur drei Leute hinter der Familie. Er ergaunerte sich freien Eintritt, indem er behauptete, er wolle nicht zur Vorstellung, sondern suche nur seine Tochter. »Könnte ich mal schnell reingucken?« Einem Jüngeren hätten sie dieses durchsichtige Manöver garantiert nicht abgekauft, aber Boone wurde einfach durchgewinkt. Vom Notsitz in der hintersten Ecke der Aula verfolgte Boone das Schauspiel mit wachsender Neugier. Als gegen Ende Chess auf der Bühne erschien und sich unter das Fenster von Scrooge stellte, schlug er sich feixend auf die Schenkel, obwohl es an der Stelle nichts zu lachen gab. Unglaublich, dieser Junge! Ein richtiges Genie!

«Du warst großartig!« Charlotte gab Chess einen weiteren Kuß, als sie ihn hinter der Bühne aufgespürt hatte.

»Schon gut«, erwiderte Chess irgendwie verstört.

»Alles in Ordnung?«

Er riß sich zusammen. »Ja, sicher, danke, Mom.«

Als sie zum Auto gingen, verkündete Jordan: »Es ist erst neun. Was haltet ihr davon, wenn wir zum Temple Square fahren und uns die Lichter angucken?«

»Das ist eine wunderbare Idee«, sagte Charlotte.

»Seit Jahren haben wir die Lichter nicht mehr gesehen!« sagte Amber.

Chess äußerte sich nicht. Seine Augen suchten die

Leute ab, die scharenweise auf dem Weg zu den Autos waren. Er hatte etwas gehört, als er auf der Bühne stand, ein Geräusch, das ihn alarmiert hatte. Vielleicht war er nur übernervös. Schließlich saßen da an die tausend Leute in der Aula, die ständig in allen Tonlagen gelacht hatten. War es bloße Einbildung, daß ihm ein Lacher so merkwürdig bekannt vorgekommen war?

Die Holidays krönten die Ereignisse des Tages mit einem Besuch der größten Touristenattraktion der Stadt – eine halbe Million Lämpchen leuchteten und flimmerten, blinkerten und zwinkerten auf dem Tempelplatz der Heiligen der Letzten Tage. Das Spektakel füllte den ganzen Platz aus. Jeder Baum war ein Leuchter, jeder Busch ein Kandelaber. Und mittendrin der hundertjährige Granittempel mit seinen sechs Türmen und dem golden strahlenden Engel auf der höchsten Spitze.

Sie parkten am Straßenrand und gingen durch das Tor auf den Platz, der wie immer zu Weihnachten voller Menschen war. Charlotte und Jordan liefen Hand in Hand. Amber dirigierte sie hierhin und dorthin, damit sie keinen Anblick verpaßten und keinen Weg ausließen.

Chess beruhigte sich allmählich. Er mußte sich verhört haben. Boone war verschwunden, und das für immer. Es war fast nicht zu glauben, daß ihm diese Einsicht vor zwei Tagen noch fast den Verstand geraubt hätte. Jetzt erfüllte sie ihn mit inniger Genugtuung. Er hatte sich immer eingeredet, daß Boone für ihn die *Familie* war und daß nichts schlimmer war als das Alleinsein. Jetzt war er reif für eine neue Erkenntnis. Boone mochte mit ihm verwandt sein, aber er war ganz bestimmt nicht seine *Familie*. Dieses Wort bedeutete mehr als Blutsverwandtschaft. Es war ein Lebensmittelpunkt, ein Zufluchtsort, ein geschützter Hort in einer Welt voller Gefahren.

Ihn schauderte bei dem Gedanken, daß alles wieder so werden würde wie zuvor. Er wußte, daß das nicht passieren konnte. Eine Erklärung hatte er nicht für seine Gewißheit; er wußte es einfach. Als sie am Krippenspiel vor dem Besucherzentrum vorbeikamen, wußte er plötzlich, woher seine Gewißheit rührte. Und bestärkt wurde sie noch, als er nach oben schaute und den Christus aus weißem Marmor entdeckte. Ja, dachte Chess. Diese Gestalt war es gewesen, seinem Schicksal eine so unglaubliche Wendung gegeben hatte. Konnte es eine andere Erklärung geben?

Damit stand unweigerlich fest: Gott gab es wirklich! Und obwohl er sich um die ganze Himmelsrotation und all die vielen Sterne kümmern mußte, hatte er die Zeit gefunden, den kleinen Chess Folsom zu retten. Sicher, er hatte Gottes kostbare Zeit beansprucht. Aber das war nun vorbei. Es war *vorbei*! Chess hatte das entscheidende Geschenk empfangen, ein Geschenk, das seine Seele heilte, tröstete und rettete. Und nachdem er Chess dieses herrliche Geschenk einmal gemacht hatte, konnte er es ihm unmöglich wieder wegnehmen. Das war einfach nicht vorstellbar. Es war widersinnig, außerhalb jeder...

Chess zuckte zusammen.

Das Herz blieb ihm stehen, sein Atem stockte. Die Wirklichkeit kam mit dem Kreischen eines bremsenden Güterzugs auf ihn zugerast. Dort drüben, am anderen Ende des schneebedeckten Rasens, stand sein Onkel Boone und grinste.

Boone machte eine Geste, die besagte: Freust du dich, daß ich wieder da bin? Chess schüttelte den Kopf, weniger, um ihm zu antworten, vielmehr vor Entsetzen. Das konnte einfach nicht sein! Er war voller Zuversicht gewesen, voller Gewißheit, daß so etwas nicht passieren konnte. Seine frühere Existenz war ausgelöscht. Aus und vorbei! Wie also kam nun Boone dorthin? *Das konnte einfach nicht sein!*

Chess rannte los. Boones Grinsen erstarb.

»Artie!« rief Jordan. »Wohin?«

Chess blieb nicht stehen. Er rannte aus dem Nordtor auf die Straße hinaus und zwang einen Lieferwagen zur Vollbremsung. Seine Familie kam hinterher, verwirrt und erschrocken.

Jordan fand ihn zitternd im Schnee neben dem abgeschlossenen Wagen. Trotz der klirrenden Kälte schwitzte er. »Was ist mit dir los?« fragte Jordan keuchend.

Chess blickte hoch. Dem Vater in die Augen. Dem *Vater*? Wie lange noch wollte er sich etwas vormachen? Das war nicht seine Familie. Er *hatte* keine Familie. Er hatte nie eine und würde nie eine haben. Nicht einmal seine sehnlichsten Wünsche konnten die Realität ändern.

Als ihm die Tränen übers Gesicht liefen, legte ihm Jordan den Arm um die Schulter. »Ist ja gut«, tröstete er ihn. »Ich weiß, wie dir zumute ist. Und ich verstehe es.«

Chess schüttelte den Kopf. »Nein, das verstehst du nicht!«

Jordan sah ihm in die Augen. »Ich verstehe es besser, als du glaubst. Aber es kann nicht alles auf einmal klappen. Gib nicht auf! Es hat Jahre gedauert, bis es soweit war. Und so, wie es jetzt ist, ist es *richtig*, Artie. Es ist Weihnachten! Das Vergangene kann nichts daran ändern. Sosehr wir auch trauern, Weihnachten ist jedes Jahr wieder. Weihnachten ist noch immer und vor allem ein Fest der Freude. Ein Tag, an dem man alles Gute und Schöne dieser Welt in sich aufnimmt. Und ich möchte nicht, daß wir das jemals wieder vergessen. Du warst es, der mir die Augen geöffnet hat. Du hast uns darauf gestoßen. Du warst der erste, der die Kraft dazu hatte. Und nun kannst du dich auf *unsere* Kraft stützen.«

Chess hörte auf zu weinen. Wie hypnotisiert starrte er Jordan an. Verstand er ihn wirklich? War es wirklich richtig, daß er hier war? Konnte er sich wirklich auf sie stützen, egal was passierte? Er verstand nicht alles, was Jordan gesagt hatte, aber das Wesentliche hatte er begriffen. Er würde sich für ihn stark machen, er würde ihn schützen. Charlotte und Amber waren nachgekommen und nickten zu allem, was Jordan sagte. Alle schienen sie fest entschlossen, ihn in ihrer Familie zu behalten.

Chess wischte sich die Tränen ab. »Wir müssen hier weg. Wir müssen nach Hause.«

Jordan stimmte ihm zu. »Du hast recht. Es wird sowieso schon spät.«

Charlotte half Chess auf die Beine. Als sie ihn umarmte, blickte er über ihre Schulter. Der Tempelplatz wurde gerade geschlossen, und Hunderte strömten aus dem Tor. Boone konnte er nirgends entdecken. Aber er wußte, daß er da war, irgendwo in der Nähe.

Charlotte setzte sich mit Chess nach hinten. Sie umarmte ihn, um ihm ein bißchen mütterlichen Trost zu spenden, aber Chess preßte das Gesicht an die Scheibe, weil er Ausschau nach Boone hielt. Doch der war wie vom Erdboden verschluckt. Chess war schon halb versucht zu glauben, daß er sich getäuscht hatte, daß der Anblick auch nur eine Einbildung gewesen war wie das Lachen in der Aula, der Nachhall eines verflogenen Spuks.

Aber es war nicht mehr zu leugnen. Das Gespenst war real. Boone war zurückgekommen. Und diese schreckliche Erscheinung würde sich bald genug bemerkbar machen.

15

So eine Kälte! In kürzester Zeit war es kalt geworden. Er hätte daran denken können. Doch aus irgendeinem Grund war die Angst vorm Erfrieren die allergeringste Sorge gewesen, als er vor einiger Zeit durch den Spalt nach draußen gelugt und festgestellt hatte, daß er sich in St. George, Utah, befand. Statt dessen erfaßte ihn freudige Erregung. Er hatte recht gehabt! Der Fahrer des Pickup fuhr ihn nach Hause! Schon morgen früh würden ihn die Eltern erleichtert in die Arme schließen!

Während des kurzen Aufenthalts in St. George, als der Fahrer seine Kaffeekanne auffüllte, wagte sich Artemus unter der Plane hervor und öffnete das Schiebefenster in der Rückwand der Fahrerkabine. Der Cowboy hatte einen hübschen Vorrat Knabberzeug auf dem Sitz liegengelassen – einen Beutel Cool Ranch Doritos, eine Schachtel Hostess Twinkies und eine Tüte mit Sonnenblumenkernen. Artemus langte durch das Fenster und holte sich alles heraus. Er war wieder unter die Plane gekrochen, als der Cowboy zurückkam und feststellte, daß sein ganzer Proviant gestohlen worden war. Artemus lauschte einer bunten Folge saftiger Flüche, dann hörte er den Fahrer zu anderen Leuten hinüberrufen: »He, habt ihr gesehen, daß hier einer an meiner Karre war?«

Gleich darauf dröhnte das Auto wieder auf dem Highway entlang, und Artemus stopfte die Kekse in sich hinein. Und kurze Zeit später, als das Auto die Steigung nach Cedar City nahm, fing er an zu bibbern. In Las Vegas hatte er fast vergessen, daß es Winter war und daß er nur eine Hose, ein zerrissenes Hemd, keine Schuhe und ein Paar eiskalte Handschellen am Leibe trug. Wenn der Mann tatsächlich nach Salt Lake City fuhr, hatte er noch mindestens viereinhalb Stunden vor sich. Bis dahin bin ich erfroren! dachte Artemus. Er kugelte sich zusammen und rieb sich die Finger und die Zehen, damit sie wieder durchblutet wurden. Nach einer Weile half das nichts mehr. Sein Zittern wurde immer heftiger, seine Haut wurde gefühllos. Das halte ich nicht durch, gestand er sich ein.

Es gab nur eine Möglichkeit. Er mußte unter der Plane hervorkriechen und an das Heckfenster klopfen. Wenn der Fahrer durch sein überraschendes Auftauchen keinen Herzinfarkt bekam, zeigte er sich vielleicht gnädig. Doch der Anblick der Handschellen würde ihn unter Garantie mißtrauisch machen. Das Risiko, daß der Fahrer auch noch seine andere Hand einschloß und ihn bei der nächsten Sheriffstation ablieferte, war nicht auszuschließen.

Da merkte Artemus, daß der Pickup langsamer wurde. Er bog vom Interstate Highway ab. Der Cowboy fuhr also doch nicht nach Salt Lake City. Sollte er jubeln oder fluchen? Er kam nun nicht so schnell nach Hause, wie er gedacht hatte, aber wenigstens gelangte er nicht als Eisblock ans Ziel. Andererseits konnte der Cowboy trotzdem noch stundenlang durch die Gegend kurven. Erfrieren mußte er in jedem Fall, wenn nicht bald etwas geschah!

Artemus verließ sich auf sein Glück und hoffte, daß der Cowboy nicht mehr lange fahren würde. Solange die Gefahr bestand, daß er der Polizei übergeben und auf Nimmerwiedersehen nach Florida verfrachtet wurde, brachte er es doch nicht über sich, das Versteck aufzugeben.

Eine weitere halbe Stunde harrte er in der eisigen Kälte aus und machte sich warme Gedanken: eine dampfende Tasse Kakao ... er mit der ganzen Familie am Wohnzimmerkamin, in dem ein prächtiges Feuer prasselt ... das herrliche Gefühl einer warmen Decke, die ihm die Mutter mitten in einer kalten Winternacht um die Schultern hängt... Fast glaubte er schon den Geschmack des Kakaos auf der Zunge zu spüren und das Glück der Geborgenheit im Schoß der Familie wirklich zu fühlen. Der Pickup schien sich irgendeine Serpentinenstraße hinaufzuquälen, dann neigte sich die Ladefläche allmählich nach unten, sie fuhren wieder bergab. Kurz darauf hörte er das knirschende Geräusch eines Kieswegs unter den Reifen. Eine letzte Kurve, und der Wagen blieb stehen.

Artemus blieb so still liegen, wie er nur konnte, denn er zitterte wie Espenlaub. Der Mann stieg aus, Artemus hörte das Klappern von Schlüsseln, dann eine schwere Holztür, die sich öffnete und wieder schloß. Es war still. Still und dunkel.

Gute zehn Minuten lang blieb er bewegungslos liegen, bis er sicher war, daß niemand kam. Offenbar hatte der Cowboy keine Lust gehabt, seine Fracht so spät noch zu entladen. Es war ein wenig wärmer geworden, und es roch ziemlich stark nach Öl oder Schmierfett. Als er den Kopf durch den Spalt schob, war es stockdunkel. Er mußte in einer Art Garage sein. Ein dünner Lichtstrahl drang durch die Ritze der Tür, die ins Innere des Hauses führte. Allmählich nahm er die Umrisse seiner Umgebung wahr: Autoreifen, eine Bandsäge, alle möglichen Gerätschaften und Ersatzteile voller Schmierfett. Das Gerümpel überragte sogar das Auto und drohte jeden Moment auf ihn herabzustürzen. Artemus wunderte sich, daß das Auto in diesem Durcheinander Platz gefunden hatte.

Noch immer bibbernd kletterte Artemus von der Ladefläche und fand festen Boden unter den Füßen. Seine Haut brannte von der Kälte. Vorsichtig tastete er sich voran, um nichts umzuwerfen. Jedes Geräusch konnte ihm zum Verhängnis werden. Ein schmaler Durchgang führte durch das Gerümpel bis zur Tür. Was er dort wollte, wußte er selbst nicht. Vielleicht hoffte er auf einen Hauch Wärme, der durch die Ritze zu ihm gelangte. In der Garage war es sicher wärmer als draußen, aber keinesfalls herrschte hier eine gemütliche Temperatur.

Artemus rubbelte die Gänsehaut an seinem rechten Arm und blickte angestrengt nach unten neben die Tür. Konnte das sein? Er schaute näher hin und fand seine Vermutung bestätigt. Ein Raumheizer! Dieser Blechkasten konnte seine Rettung sein! Wenn er nur funktionierte.

Auf der Werkbank zu seiner Rechten sah er eine Schnur mit Stecker, darüber in der Wand eine Steckdose. Mit zitternden Fingern schob er den Stecker in die Dose. Die Spiralen begannen zu glühen. Wärme! Köstliche Wärme! Danke, lieber Gott, danke!

Erst als er Hände und Füße ein wenig aufgetaut hatte, gönnte er sich wieder den Luxus, sich Sorgen zu machen oder Angst zu haben. Und erst, als er in einer Ecke einen Gefrierschrank mit einer Schachtel Eiswaffeln und gefrorenen Würstchen gefunden hatte, begann er sich zu fragen, wo in aller Welt er hier gelandet war. Wo immer das sein mochte, es war weit von zu Hause entfernt. Doch im Moment war er mit so einfachen Dingen wie Wärme und Essen hochzufrieden. Verglichen mit dem, was er an diesem Tag schon alles erlebt hatte, waren das königliche

Genüsse. Was morgen kam, konnte ihn jetzt nicht jucken. Vorerst ließ er sich die am Heizofen aufgewärmten Würstchen schmecken und dachte dabei an sein Zimmer zu Hause mit dem warmen, gemütlichen Bett und den vertrauten Modellflugzeugen an der Decke. Zuhause – das kam ihm vor wie ein Ort in einer anderen Welt, wie ein Paradies, das er erträumt hatte, um sich die bittere Realität, die ihn umgab, ein wenig zu versüßen.

Er tastete in der Hosentasche nach der Münze. Beim ersten Tageslicht würde er ungeachtet der Kälte losgehen und eine Telefonzelle suchen. Doch während er dasaß und wartete, wurde der Gedanke immer verlockender, daß vielleicht direkt hinter der Tür ein Telefon stand, das ihn überhaupt nichts kostete. Selbst wenn seine Eltern wieder nicht zu Hause waren, konnte er die rettende Nachricht auf dem Anrufbeantworter hinterlassen, ohne daß irgendwelche Vermittlungen dafür Geld verlangten. Die Versuchung, die Tür zu öffnen und nachzuschauen, nagte hartnäckig an ihm. Abwarten! bezwang er sich. Ein unbedachter, hastiger Schritt zuviel konnte ihm alles verderben. Jeder Versuch, wieder Ordnung und wenigstens einen Hauch von Gerechtigkeit in sein Leben zu bringen, konnte der letzte sein.

16

Charlotte schlug die Augen auf und sah, daß die Decke auf der anderen Seite des Bettes zurückgeschlagen war. Das Kopfkissen war leer. Sie fragte sich einen Moment lang, was das zu bedeuten hatte, dann zog sie sich den Morgenmantel über und lief hinab ins Wohnzimmer.

Jordan saß in der Stille der Nacht am Tisch vor dem erleuchteten Christbaum. Als Charlotte ihn sah, wirkte er abwesend, so als hätte sein Geist sich für einen Moment von ihm verabschiedet.

»Was ist, Liebling?« fragte sie.

Ohne das leiseste Anzeichen, daß er sie bemerkt hatte, sagte er: »Es war jemand dort.«

Charlotte hätte fragen können, was er damit meinte, aber sie war es gewöhnt, daß ihr Mann mitten in der Nacht zu reden anfing, besonders wenn er diesen abwesenden Blick hatte. Sie ging einfach weiter zum Tisch und setzte sich neben ihn.

Jordan wandte sich ihr zu. »An dem Tag. An dem Morgen. Da war eine Frau.«

»Eine Frau?«

»Sie stand auf der Brücke.«

»Auf welcher Brücke?«

»Auf der alten Holzbrücke ein paar hundert Meter flußabwärts. Auf der die Farmer immer das Heu für die Pferde in der Flußniederung hinüberfahren. An dem Morgen..., als es passierte... Ich weiß noch, daß ich mich an den Baum klammerte. Ich hab mich zwischen die Äste geklemmt. Kurz bevor ich ohnmächtig wurde…, hab ich sie noch gesehen. Sie stand da in einem langen weißen Mantel und hatte langes schwarzes Haar. Das hatte ich völlig vergessen. Bis heute morgen, als ich im Stau stand. Da ist es mir wieder eingefallen. Und ich hätte nicht geglaubt, daß ich auch nur eine Sekunde von dem Tag vergessen konnte.«

»Ich kann mich nicht entsinnen, eine Frau gesehen zu haben«, sagte Charlotte mit sanfter Stimme. »Ganz bestimmt keine in einem weißen Mantel mit langem schwarzen Haar.«

»Wirklich nicht?« Jordan dachte nach. Er blickte wieder hoch zum Weihnachtsbaum. »Das ist seltsam. Ich sehe sie ganz deutlich vor mir. Sie hat mir zugesehen. Einfach nur geguckt. Und jetzt weiß ich, daß ich mich immer gefragt habe, ob sie es war, die Hilfe geholt hat.«

Charlotte schüttelte den Kopf. »*Ich* hab dich gefunden, Jordan. *Ich* bin losgerannt und hab Hilfe geholt. Sonst war niemand dort.«

»Wirklich?« Er starrte weiter auf den strahlenden Christbaum.

»Ist es das, was dich wachhält, Jordan? Die Erinnerung an etwas oder jemanden, den du gesehen hast?«

Jordan lächelte verunsichert. »Ganz schön verrückt, nicht? Ich weiß nicht, was es ist. Ich vermute nur, ich werde nicht damit fertig, daß mir etwas entfallen und dann wieder bewußt werden konnte, das so…«

Charlotte folgte dem Blick ihres Mannes, um zu sehen, was ihn dort am Baum so fesselte. Es war der Weihnachtsengel auf der Baumspitze mit dem weißen Gewand und den langen schwarzen Locken. Charlotte streichelte Jordans Hand. »Vielleicht, Jordan, war das, was du gesehen hast, zu deinem Trost gedacht. Ein Symbol für etwas anderes. Etwas Gutes.«

Jordan seufzte. »Ich kann mir trotzdem nicht vorstellen, was es bedeuten sollte.«

Sie strich ihm beruhigend über den Handrücken und stand auf. »Es ist spät, schon fast vier. Wir sollten noch ein bißchen schlafen.«

Jordan nickte. Dann sagte er: »Tut mir leid, Charlotte, ich wollte nicht...«

»Schon gut«, erwiderte sie. »Morgen früh siehst du klarer. Bei Tageslicht ordnen sich die Dinge.«

»Ja«, sagte Jordan und ließ sich von ihr ins Schlafzimmer bringen. »Da hast du recht.«

17

Der Hahn hatte schon vor gut einer Stunde gekräht und Artemus aus dem Schlaf gerissen. Aber von der Stelle rühren konnte er sich trotzdem nicht. Es war noch immer so bitterkalt. Soll die Sonne noch ein bißchen höher steigen, damit es wärmer wird, sagte er sich. Dann würde er sich schon aufraffen und sich draußen auf die Suche machen. Die Füße hatte er mit öligen Lappen umwickelt.

Artemus hatte keine Ahnung, ob er eine Telefonzelle in der Nähe finden würde oder wie weit es bis zum nächsten Ort war. Nach dem Ausblick, den ihm das vereiste Garagenfenster gewährte, war er in einer Einöde gelandet, in irgendeinem Farmhaus auf dem Land.

Am meisten hoffte er noch immer auf das Telefon im Haus. Aber wie sollte er sich einschleichen und telefonieren, ohne daß es der Cowboy bemerkte? Er mußte sich etwas einfallen lassen. Der Mann konnte jeden Augenblick kommen, um sein Auto zu entladen. Artemus wollte schon kapitulieren – an die Tür klopfen und den Mann fragen, ob er zu Hause anrufen dürfe, bevor er die Polizei rief –, als er eine andere Tür schlagen hörte.

Artemus stellte sich ans Fenster und blickte auf den Hof. Der Cowboy, der sich nun in eine Felljacke und Schneestiefel verpackt hatte, stapfte auf eine graue Scheune und einen aluminiumverkleideten Schuppen zu, der vielleicht ein Hühnerstall war. Wie es aussah, machte er sich an sein Tagewerk.

Das war die Chance! Jetzt durfte er nicht zögern. Aber wenn der Cowboy hier nicht allein lebte? Stimmen hatte er nicht gehört. Er mußte es wagen! Er öffnete die Tür und schlüpfte hinein. Das Haus war eiskalt. Der Kerl mußte ein Eskimo sein!

Artemus befand sich in einem Korridor mit einem Garderobenständer, an dem etliche Paar Stiefel und Kleidungsstücke zu sehen waren. Gott sei Dank! Er zog sich den häßlichsten, schmutzigsten und (zufällig) auch wärmsten Mantel an. Die Ärmel waren viel zu lang, aber wen kümmerte das?

In der Küche kam es ihm schon ein wenig wärmer vor, dann entdeckte er die Wärmequelle im angrenzenden Raum: einen altmodischen Holzofen. Artemus hielt nervös Ausschau nach dem Telefon. Und wenn der Typ kein Telefon besaß? Wer auf alte Holzöfen schwor, brauchte vielleicht auch kein Telefon. Nein, es mußte eins geben. Niemand, der halbwegs bei Verstand war, verzichtete mitten in der Einöde auf solch ein Hilfsmittel! Aber wo steckte es?

Bingo! Dort stand es ganz bescheiden auf dem Tisch im Nebenzimmer, praktischerweise direkt am Fenster, das auf den Hof zeigte. So konnte er rechtzeitig sehen, wann der Cowboy zurückkam. Artemus nahm den Hörer ab und sein Herz pochte. Er wählte die Nummer. Mist! In der Eile hatte er die Vorwahl weggelassen. Er versuchte es von neuem. Diesmal war die ganze Nummer falsch. Er schrie auf vor Wut. Okay, ruhig bleiben, noch mal versuchen. Er atmete einmal tief durch und wählte von vorn.

»Zweihundert Dollar?« rief Chess ungläubig.

Amber musterte ihn von oben herab. »Reicht dir das etwa nicht?«

Sie hatte ihn völlig mißverstanden. Chess war nicht enttäuscht, er war fassungslos. Zweihundert Dollar allein für Weihnachtsgeschenke! Davon hatten er und Boone manchmal einen ganzen Monat lang auskommen müssen!

»Die eine Hälfte davon ist dein Taschengeld, die andere hat Dad dazugegeben«, erklärte Amber. »Aber wenn du wieder alles für Arcade-Spiele und Flugzeugteile ausgibst wie letztes Jahr, leg ich kein gutes Wort mehr für dich ein!«

Chess schüttelte den Kopf. »Warum sollte ich?«

»Dad erwartet von uns, daß wir dieses Jahr was Nettes kaufen, besonders für Mom. Eigentlich könnten wir unser Geld auch zusammenlegen und beiden was ganz Besonderes schenken. Etwa einen Schwingschaukler und einen Diwan.«

»Einen was und einen was?«

»Das sind Möbel, du Dummkopf.«

»Haben wir nicht schon genug Möbel?«

Amber verdrehte die Augen. »Vergiß es! Du kaufst, was du willst, ich kaufe, was ich...«

Das Telefon klingelte. Amber ging hin. »...und ich kaufe, was ich will. Aber wir müssen uns beeilen. Ich hab Mom versprochen, daß wir bis eins zurück sind.« Sie nahm den Hörer ab. »Hallo?«

»Amber?« sagte die Stimme. Dann, schon aufgeregter: »Amber! Gott sei Dank!«

Amber rümpfte die Nase. »Wer spricht dort?«

»Ich bin's! Erkennst du mich nicht? Ich brauche Hilfe, Amber. Ich weiß nicht, wo ich bin. Paß auf, ich kann nicht lange reden...«

»Clifford Durfee, bist du das?«

»Ich bin's, Amber! Dein Bruder! Artie!«

Sie blickte zu Chess hinüber, dann wandte sie sich wieder dem Hörer zu und ihre Augen verengten sich zu Schlitzen. »Clifford, ich hab dir doch gesagt, daß ich dich nicht mag. Es hat keinen Zweck, weder jetzt noch später. Es ist Sonnabendvormittag. Hast du nichts Besseres zu tun?«

»Amber, *bitte*! Ich bin nicht Clifford! Laß mich mit Dad reden!«

»Ach, red lieber mit dir selbst!«

»Mit mir selbst? Amber, was soll das?«

Amber reichte den Hörer an Chess weiter und tuschelte ihm zu: »Sag: Hallo, Clifford!«

Chess sprach verlegen in den Hörer. »Hallo, Clifford.«

Dann nahm sie ihn wieder an sich und sagte: »Ich warne dich, Durfee. Wag's nicht noch mal, hier anzurufen. Sonst hetz ich dir die Polizei auf den Hals und laß deinen Anschluß kappen.«

»Er kommt zurück! Bitte, Amber, laß mich mit Dad sprechen! Er kommt!«

»Durfee, du Spinner! Und versuch nicht, meinen Bruder nachzumachen. Du bist ein lausiger Schauspieler! Denk dran, ich hab dich gewarnt!«

Amber knallte den Hörer auf und schnaufte wütend. »Sind etwa alle Jungs so durchgeknallt, Artie?«

Chess hörte nichts von dem, was sie sagte. Er war weiß wie eine Wand.

Amber schnipste mit den Fingern vor seiner Nase. »Hallo! Jemand zu Hause?«

»Häh?« machte Chess.

»Na bitte, das ist der Beweis«, höhnte Amber. »Sie sind wirklich alle durchgeknallt. Gehn wir!«

Sie ging zur Tür. Chess starrte auf das Telefon. Ein schreckliches Gefühl braute sich in seinem Magen zusammen. Er schüttelte sich, um es loszuwerden, dann gab er sich einen Ruck und folgte Amber hinaus.

Der Cowboy kam zurück! Artemus warf den Hörer hin, eilte zurück durch die Küche in den Korridor und dann in die Garage.

Der Cowboy kam fröhlich pfeifend zur Hoftür herein und klopfte den Schnee von den Stiefeln. Vorsichtig drückte er eine Handvoll Eier an die Brust.

Er hatte schon ein paar Eier in die Pfanne geschlagen, als er das hartnäckige leise Tuten des Telefons hörte. Wie seltsam. Der Hörer lag nicht auf der Gabel. Er kratzte sich ein paarmal am Kopf, dann sagte er sich, daß er vielleicht im Vorbeigehen dagegengestoßen war.

Eine Stunde später bemerkte er die glühende Heizspirale in der Garage. Das konnte nicht mehr mit rechten Dingen zugehen. Gründlich durchsuchte er das ganze Anwesen. Aber da war Artemus schon längst unterwegs. Es dauerte noch eine Woche, bis der Mann feststellte, daß ihm ein Mantel und ein Paar alte Stiefel abhanden gekommen waren.

18

Der schöne Traum brach zusammen. Bei jedem Schritt, den Chess auf dem verschneiten Gehweg machte, knirschte und bröckelte er; bei jedem verstohlenen Seitenblick, mit dem er nach dem Buick des Onkels Ausschau hielt, zog sich die Schlinge fester um seinen Hals.

Schuld war dieser Anruf! Er quälte und verfolgte ihn. Selbst wenn es nur einer von Ambers schwachsinnigen Verehrern gewesen war, der ihr einen Streich gespielt hatte, stand Chess nun unausweichlich vor der Frage, die er drei Tage lang einfach ignoriert hatte: Was war aus dem richtigen Artemus Holiday geworden?

Es war so grausam. Konnte es sein, daß der Himmel ihn nur so zum Scherz in ein besseres Leben verpflanzt hatte, um es ihm gleich darauf wieder wegzunehmen? Besser, er hätte es nie kennengelernt. Ohne diese Erfahrung war er glücklicher gewesen. Lieber Gott, flehte er im stillen, nimm es mir nicht weg. Nimm es mir nicht weg.

»Ist was?« fragte Amber, als sie an der Bushaltestelle auf der Bank saßen.

»Nein, nur Kopfschmerzen«, sagte Chess.

»Du schwitzt ja! Was ist denn mit dir los?«

»Nichts! Ich…«

»Warum guckst du dich denn immer um? Suchst du jemanden?«

»Nein, ich…« Chess holte tief Luft. »Es ist nichts. Wirklich. Mir geht's gut.«

Der Bus kam und brachte sie nach zehnminütiger Fahrt zu einem kleinen Einkaufszentrum mit mehreren Geschenkboutiquen und Fachgeschäften. Amber fand es hier ideal zum Einkaufen von Weihnachtsgeschenken. Chess hatte nicht die leiseste Ahnung, was er kaufen sollte. Was sollte er einer Familie schenken, die offensichtlich schon alles hatte? Nur eine Idee hatte er – ein Geschenk für seine Mutter, das heißt für Charlotte. Die Verkäuferin riet ihm davon ab, weil es so empfindlich war, aber Chess bestand darauf, daß sie es einpackte. Ein paar Tage lang würde es schon halten. Und übermorgen war schon Weihnachten. So lange durchzuhalten, das Traumgespinst bis über das Fest hinaus intakt zu halten, war alles, was er sich wünschte. War das zuviel verlangt?

Die Antwort kam wie ein Faustschlag in den Magen. Als er aus dem Laden trat, stand Onkel Boones Buick direkt gegenüber, mit laufendem Motor. Boone hatte den Arm aufs geöffnete Seitenfenster gelegt und trommelte mit den Fingern.

Chess stand starr. Sollte er wegrennen? Am liebsten wäre er geflohen. Für immer verschwunden. Aber es hatte keinen Zweck. Der Traum war vorbei. Alle Versuche, ihn festzuhalten, waren vergeblich. Er war Chess Folsom. Er konnte nicht mehr hoffen, jemals ein anderer zu sein.

»Sieh an, sieh an«, sagte Boone. Das Grinsen von gestern abend war aus seinem Gesicht verschwunden. Die Mundwinkel zeigten nach unten, und sein Blick war voller Feindseligkeit. »Wen haben wir denn da? Ob das wohl Chess Folsom ist? Oder irgendein Fremder? Irgendein verwöhntes Früchtchen, das ordentlich Dresche braucht, damit es weiß, wo's langgeht?«

Chess blickte hinüber zu dem Antiquitätenladen, in

den Amber gegangen war. Sie war noch nicht zu sehen. Er drehte sich wieder um, aber sein Blick blieb auf den Gehsteig geheftet. »H-hallo, Boone.«

»Du kennst mich also noch!« sagte Boone mit gespieltem Staunen. »Wie du gestern abend vor mir weggelaufen bist, dachte ich, ich hätte 'ne entstellende Krankheit, daß du mich nicht erkannt hast.«

»Es kam so plötzlich, das war alles. Ich ... ich hatte nicht gedacht ...«

»Einsteigen!« zischte Boone durch die Zähne.

Chess gehorchte automatisch, so wie er seinem Onkel in den letzten achtzehn Monaten gehorcht hatte. Kaum hatte er die Tür hinter sich zugemacht, schlug ihm Boone mitten ins Gesicht. »Wenn du noch mal so tust, als würdest du mich nicht kennen, brech ich dir die Knochen. Hast du verstanden?«

Chess preßte die Hände auf die blutende Nase. Wieder eine Delle mehr, dachte er. »Ich hab's nicht so gemeint, Boone. Wenn uns jemand zusammen gesehen hätte, wär alles aufgeflogen.«

»Ach, wirklich? Davor haste wohl Angst? Daß diese Idioten rauskriegen, wer du bist? Kein weiches Kuschelbettchen mehr? Keine Mami mehr, die dich in den Schlaf wiegt? Wenn das deine Angst ist, dann haste allen Grund dazu, Bürschchen. Denn morgen um diese Zeit, da sind wir schon tausend Meilen von hier weg.«

Chess spürte, wie etwas in ihm zerriß. Mit tonloser Stimme fragte er: »Wo fahren wir hin?«

»Nach Mexiko, Hawaii oder auf die Bahamas. Völlig wurscht. Morgen früh können wir uns die Tickets frei aussuchen. Und du bist derjenige, der das möglich macht. Kapierst du denn gar nichts? Du landest mitten in einer Goldmine und kriegst es nicht mit?«

Chess blickte erschreckt seinen Onkel an. »Was hast du vor?«

Boone war drauf und dran, ihm noch eine Ohrfeige zu geben, damit der Groschen fiel. »Was hattest *du* denn gedacht? Wir nehmen diese Spießer aus, aber so gründlich, daß sie nicht mal mehr 'n Pfennig in der Sofaritze finden.«

Chess hatte Mühe zu fragen, »d-du tust ihnen doch nichts, oder?«

»Liegt ganz bei dir. Offenbar haste 'ne weiche Stelle, daß dir diese Idioten leid tun. Also ich sag dir jetzt, was du zu tun hast.« Er zog das Programmheft des Theaterstücks aus der Tasche. »Hier steht, daß heute noch eine Aufführung ist. Stimmt das?«

Chess nickte.

»Sind Mami, Papi und die Kleine wieder dabei?«

»Ich weiß nicht«, sagte Chess.

»Dann sorg dafür«, befahl Boone. »Denn wenn heute abend um sieben einer im Haus ist, wenn ich komme, dann bleibt von dem nicht viel mehr als ein Fettfleck. Das ist die Chance unseres Lebens, Chess. Und ich habe keine Lust, mir die durch irgendwelche Zeugen vermasseln zu lassen. Also sag mir: Haben diese Leute einen Safe?«

Chess schüttelte den Kopf. »Nicht, daß ich wüßte.«

Boone konnte es nicht fassen. »In den ganzen drei Tagen, die du dort warst, ist dir nicht eingefallen zu fragen, ob sie einen Safe haben?«

»Wie sollte ich denn das anstellen, Boone? Einfach und geradeaus fragen?«

»Genau das wirst du tun«, sagte Boone. »Und die Kombination wirst du auch rauskriegen. Laß dir was einfallen. Dürfte ja nicht zu schwer sein, nach dem, was du schon abgezogen hast. Ich will auch wissen, wo all die anderen Wertsachen sind. Bilder, Schmuck, Silberbesteck, alles. Ich hab einen an der Hand, der Spitzenpreise dafür zahlt. Wenn du das alles raus hast, schreibst du es auf einen Zettel, steckst ihn zusammen mit dem Hausschlüssel in einen Umschlag, und den legst du unter den Fußabtreter. Kannst du mir folgen?«

»Klar. Ich kann dir folgen.«

Boone warf einen Blick auf das verschnürte Päckchen, das Chess auf dem Schoß festhielt. »Was hast du da?«

»Ein Geschenk. Für Mrs. Holiday.«

»Wie hast du das bezahlt? Haben sie dir Geld gegeben?«

Chess wand sich. »N-nur ein bißchen.«

»Spuck's aus! Wird's bald?« Er schnipste ungeduldig mit den Fingern, bis Chess die Scheine abgeliefert hatte. Boone war beeindruckt. »Das sind ja über hundert Dollar! Das haben sie dir einfach so gegeben?«

»Das Geld ist für Weihnachtsgeschenke, Boone. Bitte, nimm's mir nicht weg! Ich muß noch was für Mr. Holiday und für Amber kaufen.«

Boone faltete die Scheine zusammen und steckte sie ein. »Wenn sie einem Kind hundert Mäuse für Weihnachtsgeschenke geben, müssen sie ja genug davon haben.«

»Aber ... was soll ich denn sagen?«

»Denk dir was aus. Bist doch ein cleverer Junge. Ich baue auf dich. Und jetzt steig aus, bevor das Mädchen dich vermißt. Denk dran, was ich gesagt habe. Es ist besser, wenn keiner im Haus ist. Verstanden?«

»Verstanden«, bestätigte Chess mit düsterer Stimme.

Boone lächelte. Er griff nach hinten und las eine schmutzige Papierserviette vom Boden auf. Die gab er Chess, damit er sich das Blut abwischen konnte. »Ich wußte doch, daß ich mich auf dich verlassen kann. Nach dieser Aufführung heute abend verdrückst du dich. Geh hinter die Schule, dorthin, wo die Mülltonnen sind. Weißt du, welche Stelle ich meine?«

»Ja.«

»Da warte ich auf dich. Wir sind ein Team, Chess. Das weißt du doch, oder?«

Chess stieg aus. »Ich weiß.«

»He!« rief Boone ihm nach.

Chess drehte sich um.

»Tut mir leid, daß ich dir eine langen mußte.«

»Schon gut«, sagte Chess.

»Ich mag dich. Das weißt du doch, oder?«

Chess forschte in den Augen seines Onkels. Er suchte lange, aber er fand nichts. Schließlich nickte er und blickte zu Boden. »Ich weiß.«

Boone drehte sich weg. Er legte den Rückwärtsgang ein und fuhr aus der Parklücke, ohne sich noch einmal umzusehen. Chess schaute ihm nach, bis er ihn aus den Augen verlor. Er blickte in die helle Mittagssonne, bis es weh tat. Dann schloß er die Augen und wartete, daß der helle Fleck verschwand. Er hatte keine Gefühle mehr. Alle Empfindungen, die ihn zu dem Glauben verführt hatten, er wäre Teil eines größeren Ganzen, waren wie weggeblasen. Er war wieder allein. Aber das war schon in Ordnung. Er kannte diesen Zustand nur zu gut. So war sein ganzes Leben.

19

Schon länger als eine Stunde lief Artemus querfeldein über kahle Felder. Die Stiefel, die viel zu groß waren, füllten sich jedesmal mit Schnee, wenn er durch eine Schneewehe stapfen mußte.

Endlich erreichte er einen Highway, und ein grünes Schild informierte ihn, daß es noch zehn Meilen bis Panguitch, Utah, waren. *Panguitch?* Wo zum Teufel lag Panguitch? Er ließ den Kopf hängen. Selbst wenn Panguitch das Paradies war, würde er keine zehn Meilen mehr schaffen. Doch er *mußte* es schaffen. Ein neuer Ansporn trieb ihn voran. Seine Familie war in Gefahr. Sie waren einem Schwindler auf den Leim gegangen!

Zu dieser Erkenntnis hatte er sich Schritt für Schritt durchgerungen, als er sich über das absurde Verhalten seiner Schwester den Kopf zerbrach. Warum war er nicht früher darauf gekommen? Wenn ihn dieser Entführer im Motel mit einem anderen verwechselt hatte, konnte es dann sein, daß seinen Eltern derselbe Fehler passiert war? Das schien unvorstellbar, und doch war es die einzige Lösung. Das erklärte die Vorkommnisse in Las Vegas, das erklärte, warum seine Eltern nicht nach ihm suchten, und es erklärte auch die fremde Stimme, die Amber ihm am Telefon vorgeführt hatte.

Er wußte, wem die Stimme gehörte. Das war dieser Typ aus dem Laden, der ihm die Sachen geklaut hatte! Wie hatte der das angestellt, alle komplett an der Nase herumzuführen? Kannte Amber ihren eigenen Bruder nicht? Wußten seine Eltern nicht, wie ihr eigener Sohn aussah?

Artemus konnte sich nicht vorstellen, welches Motiv hinter diesem Betrug steckte. Was immer es war, er mußte dem ein Ende bereiten. Doch von Minute zu Minute wurde er schwächer. Der Wind pfiff ihm direkt durch den viel zu großen Mantel. Am Haar und an den Augenbrauen, sogar an den Wimpern setzte sich Eis fest. Er griff sich öfter prüfend an die Stirn. Sicher hatte er hohes Fieber.

Wenig später ereignete sich wieder ein Wunder. Ein Truckfahrer parkte am Straßenrand, um ein Nickerchen zu machen. Geladen hatte er sieben Betonröhren, jede zwei Meter lang und etwa einen Meter im Durchmesser, und sie waren quer zur Fahrtrichtung vertäut. Direkt vor dem Truck stand ein anderes grünes Schild: *Salt Lake City, 247 Meilen*.

Das nächste Glücksspiel, die nächste verzweifelte Hoffnung, aber Artemus hatte keine andere Wahl. Er schlich sich von hinten heran und kroch in eine der Röhren. Den Kragen zog er sich über den Kopf, und er rollte sich so eng unter dem Mantel zusammen, daß ihn jeder, der ihn sah, für ein Deckenbündel halten mußte. Zwanzig Minuten später startete der Fahrer den Motor. Der Truck setzte sich in Bewegung.

Wieder einmal war Artemus allein auf sein Schicksal angewiesen. Er hatte wenig Grund zur Annahme, daß es ihm diesmal gnädiger gesonnen sein würde als in den vergangenen Tagen. Und doch glühte er innerlich vor Zuversicht. Seine Vorfreude ließ sich nicht bändigen. Lag es daran, daß er die Stimme seiner Schwester gehört hatte? War es einfach das Wissen, daß seine Familie noch da war, unversehrt und genau dort, wo sie sein mußte? Er wußte, daß sie in Gefahr war, aber er tröstete sich mit dem Gedanken, daß sie ihn nicht vergessen hatten. Seine Eltern mochten einem widerlichen kleinen Ganoven auf den Leim gegangen sein, aber wenn sich das Durcheinander geklärt hatte, war Artemus wieder ihr Sohn. Es gab noch einen Ort auf der Welt, den er als sein Zuhause bezeichnen konnte. Von jetzt an, und mochte er in Gedanken auch zu den fernsten Punkten des Universums reisen, würde er im Geiste immer dort weilen, wo er herkam – im treusorgenden Schoß der Familie.

20

»Dad, was würdest du sagen?« begann Chess und jonglierte dabei möglichst ungezwungen mit einer Münze. »Was ist das Wertvollste, was wir besitzen?«

»Uns selbst«, erwiderte Jordan, der sich auf die Bedienungsanleitung seiner Videokamera konzentrierte. Er hatte sie schon vor Jahren gekauft, aber nur zweimal benutzt. An diesem Weihnachtsfest wollte er alles festhalten, auch den Bühnenauftritt seines Sohnes am Abend.

»Nein, im Ernst«, sagte Chess. »Wenn wir plötzlich pleite wären, was wären die wertvollsten Sachen in unserem Haus?«

»Nun, da gibt es schon einiges«, sagte Jordan. »Die Brillantbrosche, die ich deiner Mutter zum zehnten Hochzeitstag geschenkt habe, könnte schon ein paar Raten abdecken. Das Ölgemälde von Hegsted in meinem Arbeitszimmer, die Münzen...«

»Münzen?«

»Na klar, die kennst du doch. Aber offen gesagt, Artie, das meiste hat eher einen Erinnerungswert und ist nicht unbedingt...«

»Wo hast du denn die Münzen? Ich meine, ich hab sie schon so lange nicht mehr gesehen.«

»Wieso interessierst du dich denn plötzlich für Münzen und Schmuck?« fragte Jordan. »Willst du etwa zur Pfandleihe gehen oder hast du Spielschulden?«

Chess wurde knallrot. Zum Glück war Jordan abgelenkt und blickte nicht von seinem Handbuch auf. Chess fühlte sich schrecklich. Diese Lügerei machte ihn fertig. Seit ihm Boone in die Quere gekommen war, hatte er am laufenden Band gelogen. Zuerst beim Einkauf, als Amber ihn fragte, warum er nur ein Geschenk hatte.

»Das ist für alle«, war seine Antwort gewesen.

»Und das eine Ding hat zweihundert Dollar gekostet?«

Chess ließ sie nicht an die Schachtel heran und erklärte, es wäre zu empfindlich. Er stülpte sogar seine Taschen nach außen, um ihr zu beweisen, daß er alles ausgegeben hatte. Amber blieb skeptisch und meinte, sie könne sich kein Geschenk vorstellen, das sie mit ihren Eltern teilen wolle.

Hier nun, am Küchentisch mit Jordan, war ihm, als müßte er jeden Moment losrennen und sich erbrechen. Er war drauf und dran, die einzigen Menschen zu verraten, die ihm jemals so etwas wie echte Liebe geschenkt hatten. Aber das war ja das Verrückte! Was bildete er sich ein? Wie konnte er das vergessen? Es war doch alles eine Lüge! Ein Riesenschwindel! Hätten sie ihm auch nur einen Krümel gegeben, wenn sie gewußt hätten, wer er wirklich war? Natürlich nicht! Sie hätten ihm ins Gesicht gespuckt wie alle anderen.

Trotzdem. Chess weigerte sich, das zu glauben. Die Holidays waren nicht wie alle anderen. Obwohl er wußte, daß er sie in ein paar Stunden verlassen und nie wiedersehen würde, war er entschlossen, sie nicht zu vergessen. Was er mit ihnen vorhatte, war nicht Verrat, sondern ihre *Rettung*. Chess kannte seinen Onkel. Er hatte gesehen, wozu er fähig war. Wenn Boone seinen Einbruch nicht auf die saubere Tour hinbekam – und dazu mußte das Haus menschenleer sein –, würde er bedenkenlos zu Methoden greifen, die alles andere als sauber waren.

»Das ganze Zeug ist unten im Safe. Das weißt du doch«, sagte Jordan.

Es gab also einen Safe. »Klar, stimmt ja«, sagte Chess. »He, hast du was dagegen, wenn ich sie mal raufhole?«

»Die Münzen?«

»Ja doch. Nur für 'ne Minute. Ich bring sie her. Dann kannst du mir auf die Finger gucken.«

Jordan zog die Schultern hoch. »Vergnüg dich damit. Aber bring nichts durcheinander. Ich hab alle unsere Papiere so abgelegt, daß ich sie gleich wiederfinde. Das geordnete Chaos.«

»Keine Sorge«, sagte Chess. Er druckste und rutschte auf dem Stuhl umher. »Äh...«

Jordan fummelte an der Kamera. »Was denn noch?«

»Na, ich brauche die Kombination.«

Jordan schaute über den Rand der Lesebrille. »Er ist offen, Artie. Wie immer. Das ist nur ein Feuersafe, für den Fall, daß das Haus abbrennt oder was auch immer.«

»Aha«, sagte Chess. »Verstehe. Na dann... Ich guck sie mir ein andermal an!«

Jordan schaute ihn wieder verwundert an.

Charlotte kam herein. »Artie, bist du bereit für heute abend?«

»Ich denke schon«, sagte er. »Ihr kommt doch alle mit, oder?«

Ein wenig betreten erklärte Charlotte: »Ich bin heut nicht so auf dem Posten, Artie. Ich hab schlecht geschlafen. Macht's dir was aus, wenn ich zu Hause bleibe? Wir können uns doch hinterher das Video angucken, das dein Vater...«

»Nein!« rief Chess erschrocken. »*Alle* müssen mitkommen!«

»Aber wozu denn? Ich bin doch dort!« sagte Jordan.

»Das könnt ihr nicht verstehen«, sagte Chess. »Mir ist es eben wichtig. Ich dachte, Familien sollten zusammenhalten, wenn es um solche Dinge geht.«

Amber rief aus der anderen Ecke dazwischen: »Ein Abend ist wirklich genug.«

Chess verschränkte die Arme. »Dann bleibe ich auch hier. Wenn nicht alle mitkommen, fällt mein Auftritt ins Wasser.«

»Artie!« mahnte ihn Jordan. »Deine Mutter fühlt sich nicht wohl!«

»Ich bleibe dabei, und das ist mein Ernst.«

»Ist es dir wirklich so wichtig?« fragte Charlotte.

»Allerdings!« rief Chess. »Wichtiger, als ihr je begreifen werdet!«

Charlotte gab nach. »Na gut, Artie. Wenn es dir soviel bedeutet, komme ich mit.«

Chess zeigte auf Amber. »Sie auch!«

»Kannst du vergessen!« rief sie zurück.

»Amber!« sagte Jordan. »Wenn es deinem Bruder soviel bedeutet…«

Jetzt geriet Amber aus dem Häuschen. »Mom! Du hast mir versprochen, daß ich zu Michelle gehen darf! Ich hab dir gesagt, daß sie eine Party gibt. Vor einer Woche schon!«

»Wann fängt sie denn an?« fragte Chess.

»Um halb acht, du Witzbold! Bitte, Mom!«

Zu gefährlich, dachte Chess. Er mußte noch ein bißchen mehr aufdrehen als sie. »Wenn sie nicht mitkommt, gehe ich nicht auf die Bühne. Das schwöre ich vor versammelter Mannschaft!«

»Das Stück ist kurz nach neun zu Ende«, sagte Jordan zu Amber. »Dann kommst du eben ein bißchen zu spät. Ich dachte, es wäre schick, sich zu verspäten.«

Amber sandte Chess den gemeinsten, fiesesten Blick, den man sich nur vorstellen konnte. Chess jedoch atmete erleichtert auf.

Steifgefroren und glühend vor Fieber brach Artemus erleichtert in Tränen aus, als der Truck den Gebirgspaß überquerte und die Talfahrt nach Salt Lake City begann.

»Bald«, flüsterte er und blickte andächtig hinab auf die Lichter der Stadt am Fuß des Gebirges. Das Tal war in das Rot der sinkenden Sonne getaucht. Hätte er je geglaubt, daß ihn der Anblick seiner Heimatstadt in eine solche Euphorie versetzen konnte? Wenn er jetzt den Schwur in einen Stein hätte meißeln können, daß er das Tal nie wieder verlassen würde, er hätte es auf der Stelle getan.

Doch Pech. Ein paar Minuten später bog der Truck von der Interstate 15 auf die Interstate 80 und fuhr Richtung Parley's Summit. Artemus schrie auf vor Entsetzen. Der Fahrer hielt nicht an! Und er wollte überhaupt nicht nach Salt Lake City! Er fuhr einfach an der Stadt vorbei! Artemus hätte das ahnen können, als der Truck vierzig Meilen vorher in Provo tankte, aber alles lief so glatt. Er hatte geglaubt, daß ihn nichts mehr aufhalten konnte.

Sollte er abspringen? Absurd, daß er sich diese Frage überhaupt stellte! Die Straße sauste mit hundert Sachen unter ihm vorbei. Er würde zerquetscht werden wie eine Wanze. Doch der Gedanke ließ ihn nicht mehr los. Er würde dieses Tal *auf keinen Fall* verlassen. Nicht nach all dem, was er durchgemacht hatte. Nicht, nachdem er so nahe ans Ziel gelangt war. Vielleicht würde er nicht umkommen, sich nur ein paar Knochen brechen. Aber wenigstens war er dann zu Hause. *Zu Hause!*

Der entscheidende Punkt war gekommen, als die letzte Abfahrt nach Salt Lake City näherkam und dann hinter ihm zurückblieb. Die letzte Abfahrt! Wenn es überhaupt Sinn hatte zu springen, dann jetzt!

Plötzlich quietschten die Bremsen des Trucks, und er verlor an Fahrt. Artemus streckte den Kopf aus der Röhre, um zu sehen, was vorn los war. Er sah Warnlichter blinken. Ein Stau. Irgendein Auto hatte die Ladung verloren, und die Polizei räumte die Trümmer von der Straße. Alle Autos standen still! Arties Herz schlug ein Salto.

Als der Truck zum Stehen gekommen war, kletterte er hinab und stand in seinen viel zu großen Schuhen auf dem Asphalt. Autos begannen zu hupen, um den Fahrer des Trucks zu alarmieren, doch Artemus achtete nicht darauf. Das Fieber brannte in ihm, und er stapfte am Straßenrand zurück zur Abfahrt. Nur eine Meile noch oder zwei. Das mußte zu schaffen sein.

21

Die Zeiger auf der großen Wohnzimmeruhr rückten unaufhaltsam vor. Chess hatte die Anweisungen seines Onkel fast alle befolgt. Jetzt mußte er nur noch den Hausschlüssel besorgen. Er löste ihn vom Reservebund, das am Kühlschrank hing, dann ging er ins Badezimmer, um ungestört alle Informationen auf einen Zettel zu schreiben. Als er am Briefumschlag leckte, spürte er den salzigen Geschmack einer Träne auf der Zunge. Sein Herz war schwer wie ein Mühlstein. Er wischte sich die Tränen mit einem Handtuch ab und musterte sich im Spiegel.

Sieh dich an! sagte er sich. Plärrt wie ein Baby! Das war nicht der Chess Folsom, den er kannte. Chess Folsom war immer knallhart und immun gegen derartige Anwandlungen. Aber wenn das stimmte, woher kam dann dieser Kloß in der Kehle? Warum war ihm so, als müßte er sich jetzt von der einzigen glücklichen Zeit, die ihm je vergönnt sein würde, verabschieden?

Jordan klopfte an die Tür. »Beeil dich, Artie! Sonst kommst du zu spät!«

Chess gab sich einen Ruck. »Gleich!«

»Wir sitzen schon alle im Auto.«

Jordans Schritte entfernten sich. Chess atmete tief durch und biß die Zähne zusammen. Es ging. Er war wieder knallhart, nur für drei Tage aus der Übung gekommen. Wenn er das hinter sich hatte, würde er sich nie wieder eine Schwäche erlauben.

Das Auto wartete mit laufendem Motor, als Chess aus dem Haus kam. Er tat so, als müßte er den Schnürsenkel festbinden, und schob den Umschlag unter den Fußabtreter.

Jordan drückte auf die Hupe. »Nun komm endlich!«

Chess setzte sich neben Amber, die immer noch nicht mit ihm sprach. Als Jordan losfuhr, blickte Chess zum Haus zurück, bis es nicht mehr zu sehen war. Charlotte schaute sich um und sah, daß er Tränen in den Augen hatte. »Fehlt dir was?« fragte sie.

Chess hob den Kopf. »Nein, alles in Ordnung.«

»Nervös?«

»Ja, nervös schon.«

»Das wundert mich aber. Gestern hast du überhaupt nicht nervös gewirkt. Fehlt dir bestimmt nichts?«

»Keine Sorge«, sagte Chess. »Mir geht's gut. Wie immer.«

Artemus preßte den Hörer ans Ohr. Es klingelte einmal, zweimal, dreimal. Warum ging denn keiner ran? Schließlich meldete sich der Anrufbeantworter mit Ambers Stimme: »Hier ist das Holiday-Haus. Zur Zeit können wir leider nicht ans Telefon gehen. Bitte hinterlassen Sie eine Nachricht, wir rufen Sie umgehend zurück.«

Nach dem Piepton schrie Artemus in den Hörer: »Mom, Dad! Hier ist Artemus! Ich bin in Salt Lake City – in der Maverick-Tankstelle direkt an der Interstate. Der Typ, der bei euch wohnt, ist ein Schwindler! Ein Krimineller! Er hat mir bei Nordstrom die Sachen geklaut! An meinem Geburtstag! Irgendwie sind wir vertauscht worden. Ihr müßt mir glauben! Ich bin's wirklich! Euer Sohn Artemus! Ich bin auf dem Weg nach Hause. Ich bin bald da, nur noch ein paar …«

Die Verbindung brach ab. Die Zeit war abgelaufen. Artemus ließ den Hörer baumeln und ging los. Das Fieber machte ihn schwindlig. Er hatte noch mindestens eine Meile zu laufen. Der Weg kam ihm unendlich vor. Doch beharrlich schleppte er sich voran.

Straße um Straße ließ er hinter sich. Die Weihnachtslichter in den Vorgärten verschwammen ihm vor den Augen. Die Straßenlampen tauchten die vereisten Zweige in ein gespenstisch tanzendes Licht. Zwischendurch vergaß er öfter, wo er war oder wie weit er noch zu laufen hatte. Nur ein Gedanke durchpulste ihn: Weiterlaufen. Nicht stehenbleiben. Wenn du dich jetzt hinsetzt, stehst du nicht mehr auf. Einfach weiterlaufen.

Allmählich wurde ihm die Gegend vertrauter. Diese Straße kannte er. Diesen Weg war er tausendmal gegangen. Gleich nach der nächsten Ecke mußte das Haus kommen. Die Gewißheit gab ihm einen letzten Energieschub. Tränen rollten ihm über die Wangen und wurden zu Eis. Gleich bin ich da. Nur noch drei Häuser. Nur noch ein paar Meter. Nur noch eine Einfahrt.

Da war es. Ein überwältigender Anblick. Er war zu Hause!

Und welch ein Empfang! Überall leuchteten Lämpchen – in den Hecken, in den Bäumen, rings um die Haustür. Selbst die Pforte zum Paradies konnte nicht schöner aussehen.

Auch von innen kam ein weihnachtlicher Lichterglanz. Trotzdem wirkte das Haus still, als wäre es tiefe Nacht. Schliefen sie denn schon alle? Wie spät war es? War er die ganze Nacht gelaufen?

Er griff nach dem Türknauf. Zugeschlossen. Das hätte er sich denken können. Aber Artemus kannte das Geheimversteck. Sein Vater hatte für alle Fälle einen Ersatzschlüssel hinter der Holzverkleidung deponiert. Er fand ihn, schob ihn ins Schloß und drehte ihn um.

Ein Schwall köstlich warmer Luft umfing ihn. Er stolperte in den Korridor und schrie so laut, wie es seine heiseren Stimmbänder zuließen: »Mom! Dad! Ich bin da! Ich bin da!«

Ein huschender Schatten kam von rechts. Jemand packte ihn, drehte ihm den rechten Arm mit der frei baumelnden Handschelle auf den Rücken, umklammerte auch sein linkes Handgelenk und ließ sie ins Schloß schnappen.

Zu erschrocken, um Worte zu finden, zu verblüfft, um zu begreifen, wie ihm geschah, drehte sich Artemus zu der Gestalt um. Der Schock traf ihn ins Mark. Die Visage, die ihn in seine gräßlichsten Alpträume verfolgt hatte, war wieder da!

»Nicht zu fassen!« rief Boone Folsom. »Dich hätte ich hier am allerwenigsten erwartet!«

22

Der Lexus der Familie Holiday fuhr am Seiteneingang der Schule vor, um Chess dort abzusetzen. Seine Stimmung hatte sich offenbar noch mehr verdüstert. Er erwiderte keinen Blick, und auf alle Fragen, ob ihm etwas fehle, antwortete er nur mit nein.

»Hals- und Beinbruch, Junge!« sagte Jordan. »Mach eine filmreife Leistung draus!«

Chess saß wie festgenagelt, sein Herz schlug bis zum Hals. Schließlich hob er den Kopf und fing Charlottes Blick auf, dann den von Jordan, dann den von Amber.

Charlotte strich ihm über die Wange. »He, wir drücken dir alle die Daumen. Gestern hat es doch gut geklappt. Da wird es heute auch gehen.«

Ohne daß er es verhindern konnte, begannen ihm die Lippen zu zittern, und er schlang Charlotte die Arme um den Hals. Sie saß zu ungünstig, um die Umarmung zu erwidern, aber sie tat ihr Bestes. Chess wollte noch das letzte Quentchen Liebe in sich aufsaugen, um später einmal davon zu zehren, aber es ging nicht. Was hatte er erwartet? Das war doch die reinste Heuchelei! Ihre Liebe zu fordern, nachdem er sie alle verraten hatte! Hatte es je eine solche Schuftigkeit gegeben?

So plötzlich, wie er Charlotte umarmt hatte, ließ er sie wieder los und rannte ins Schulgebäude. Die Familie schaute ihm nach. »Er wird es schon schaffen«, sagte Jordan. »In zwei Stunden ist alles überstanden.«

Hinter der Tür ging Chess zu Boden. Alles vorbei. Er würde sie nie wiedersehen. Wie gewonnen, so zerronnen. Heiße Tränen liefen ihm über die Wangen.

Ein Mitspieler sah ihn vom oberen Treppenabsatz. »Artie, komm! Sie suchen schon nach dir!«

Chess rappelte sich auf. Der Mitspieler verschwand in der Garderobe.

Ich kann nicht, sagte Chess zu sich selbst. Ich halte das nicht durch. Das Versteckspiel war vorbei. Warum sollte er sich länger damit quälen? Undenkbar, jetzt auf die Bühne zu treten, mit dem falschen Spiel weiterzumachen. Er mußte hier weg. Er mußte zurück ins Haus und zu Boone. Den Weg kannte er jetzt. Wenn er die Beine in die Hand nahm, konnte er in fünfzehn oder zwanzig Minuten dort sein.

Chess schaute aus der Tür, ob das Auto der Holidays verschwunden war, dann rannte er los in die Dunkelheit.

Die Holidays nahmen wieder dieselben Plätze ein. Als Jordan die Videokamera auspackte, sagte seine Tochter, »Dad, ich glaube, ich muß mal.«

Jordan schaute durch den Sucher, um die Batteriespannung zu überprüfen. »Weißt du, wo die Toiletten sind?«

»Ja, Dad«, flötete sie und ging hinaus auf den Gang.

Charlotte fand keine Ruhe. »Vielleicht sollte ich hinter die Bühne gehen und nachsehen, ob er Probleme hat«, sagte sie zu Jordan.

»Er wird schon zurechtkommen«, erwiderte er. »Ihn hat eben das Lampenfieber erwischt.«

Charlotte blieb nervös. Die Zuschauer strömten herein und füllten die Reihen. Charlotte bemerkte, daß Mrs. Svetson wiederholt durch die Vorhangspalte in den Saal lugte. Beim letztenmal hatte sie direkt zu ihr und ihrem

Mann hinübergeblickt, dann wurde der Spalt mit resoluter Bewegung zugezogen, und sie verschwand.

Jordan schaute auf die Uhr. Die Lichter hätten schon vor fünf Minuten ausgehen müssen. Warum fing es nicht an?

»Wo ist Amber?« fragte Jordan.

»Ich weiß nicht«, sagte Charlotte.

»Wenn sie sich nun verdrückt hat, um zu dieser Party zu gehen?«

»Ich seh mal nach.«

Als Charlotte sich erhob, entdeckte sie Mrs. Svetson, die zu ihr hinübersah und aufgeregt gestikulierte. Mrs. Svetson hielt die Hände wie einen Trichter vor den Mund und formte die Worte: »Wo ist Artie?«

Charlotte und Jordan schauten sich entgeistert an.

23

Chess war außer Atem, als er zur Haustür hinaufrannte. Er hatte den Buick auf der anderen Straßenseite stehen sehen, also war Boone im Haus. Seltsamerweise war die Haustür angelehnt. Von seinem Onkel hätte er mehr Umsicht erwartet. Kaum war er im Korridor, spürte er schon den Pistolenlauf auf der Stirn.

»Boone! Ich bin's!«

»Chess? Was machst du denn hier? Ich hab dir doch gesagt, du sollst bei den Mülltonnen warten.«

»Ich mußte einfach abhauen. Ich hab's nicht mehr ausgehalten. Wir müssen schnell machen. Das Stück fängt gleich an. Dann wissen sie, daß ich weg bin.«

Boone wollte sich auf ihn stürzen. »Du hirnrissiger Idiot! *Nach* dem Stück sollst du abhauen, hab ich dir gesagt. Jetzt werden sie kommen und nach dir suchen!«

Chess sah mehrere Kissenbezüge auf dem Eßzimmertisch, die offenbar mit Wertsachen angefüllt waren. »Bist du noch nicht fertig?«

»Nicht ganz. Wir haben noch ein Problem.« Boone steckte den Revolver ein und wies mit dem Kopf in Richtung Wohnzimmer. Im Schein der Christbaumbeleuchtung sah Chess eine Gestalt auf der Couch liegen, das Gesicht nach oben, die Arme im Rücken. Er ging näher heran.

»Laß ihn in Ruhe«, knurrte Boone. »Sammel lieber die Kissenbezüge ein.«

Chess hörte ihn nicht. Er ging weiter auf die Couch zu, dann wußte er, daß er es war, das fehlende Stück des Puzzles. Der Junge, dessen Identität er sich für drei Tage geliehen hatte, blickte aus glasigen Augen zu ihm auf. Nie hatte Chess ein Gesicht gesehen, das so hilflos und verloren wirkte. War das der Junge, den alle so liebten? Der Sohn einer Familie, die alles geopfert hätte, um ihn zu retten? »Bitte«, brachte Artemus kaum hörbar hervor, »hilf mir.«

»Er ist krank«, sagte Chess zu Boone. »Was ist mit ihm passiert? Wo kommt er her?«

»Spielt doch keine Rolle«, zischte Boone. »Bring den Kram ins Auto und warte draußen.«

Chess rührte sich nicht vom Fleck. »Was hast du mit ihm vor, Boone?«

»Laß das nur meine Sorge sein.«

»Was willst du denn mit ihm machen?« wiederholte Chess kläglich.

Boone packte Chess mit seinen schwarzen Lederhandschuhen beim Kragen, hob ihn hoch und schleuderte ihn gegen die Wand. Ein Bild fiel herunter, die Scherben prasselten auf den Fußboden. »Das ist nicht dein Problem, sage ich. Oder bist du schwerhörig?«

In Boones Augen glomm ein gefährliches Feuer. Chess hatte ihn noch nie so wütend gesehen. Das heißt, schon lange nicht mehr. Nicht seit jener Brandnacht. Chess rappelte sich wieder hoch. Sein Flehen ging über in Schluchzen. »Bitte, Boone. Tu ihm nichts!«

»Wie ich schon sagte, Chess. Niemand wird je erfahren, daß wir hier waren. *Niemand!*«

»Wir k-können ihn doch mitnehmen.« Seine Stimme verwandelte sich in ein Piepsen. »Und v-vielleicht ein Lösegeld verlangen ...«

»Zu viele Komplikationen. Er hat uns schon gesehen. Wär keine saubere Sache. Was ist ein guter Einbruch, Chess? Na, weißt du nicht mehr?«

Chess war zu entsetzt, um zu antworten.

»Bei einem guten Einbruch merken die Leute nicht mal, daß einer da war! Bei einer sauberen Sache gibt's keine Zeugen. Das ist meine Devise. Das weißt du genau. Nun mach, was ich dir sage. Und ohne Widerrede, wenn's geht.«

Gegen alle Vorsicht und Klugheit bettelte Chess weiter: »Ich hab immer alles gemacht, was du wolltest, Boone. Auch schlimme Sachen. Aber nur, weil du mein Onkel bist, meine Familie. Ich flehe dich an, Boone, *bitte*...«

Boone lachte böse. »Komm mir nicht mit diesem Onkelscheiß. Wenn du der Sohn meiner Schwester bist, bin ich der Kaiser von China. Die war doch nichts als ein drogensüchtiges Stück Dreck. Plötzlich hatte sie n' neues Kuscheltier auf dem Rücksitz. Mehr warste nicht. Das Spielzeug von 'ner durchgeknallten Fixerin!«

Chess stand fassungslos da. »Wieso war ich...«

»Ich hab die Klappe gehalten, weil sie sowieso hinüber war«, redete Boone weiter. »Als sie hopsging, haben wir dich einfach bei den Bullen abgeliefert. Jetzt weißte Bescheid. Und paß auf, ich sag's nicht noch mal: Entweder du bringst den Krempel jetzt ins Auto, oder sie finden euch *beide* in der Asche, wenn die Bude abgefackelt ist!«

Chess zitterte so heftig, daß er kaum sprechen konnte, doch flüsterte er: »Mach's nicht, Boone, bitte nicht!«

Das reichte. Er packte Chess und stieß ihn ins Zimmer. Chess fiel über ein paar Stühle und schlug mit dem Kopf gegen die Tischkante. Stöhnend blieb er am Boden liegen.

Artemus sah durch einen Fieberschleier, was vor sich ging. Boone ließ Chess liegen und drehte den Kopf, bis sein Blick an Artemus hängenblieb. Artemus zerrte an den Handschellen, doch vergeblich. Auch ohne Handschellen hätte er nicht mehr die Kraft gehabt zu fliehen. Alles, was ihn erfüllte, war Angst, eine entsetzliche, quälende Angst.

Boone kam näher, bis er direkt über ihm stand. Artemus sah die Schweißperlen auf der Stirn, das irrsinnige Flakkern in den Augen. »Bitte«, hauchte Artemus schwach. »O bitte...«

Boone griff nach einem Sofakissen am Ende der Couch. Er packte es mit beiden Händen, dann senkte er es langsam hinab.

Artemus versuchte zu schreien. Das Kissen preßte sich auf sein Gesicht und erstickte alle Geräusche, bevor er auch nur Luft holen konnte. Der Kampf war vorüber. Das Ende war da.

Plötzlich ließ der Druck nach. Das Kissen fiel herunter. Artemus rang nach Luft und versuchte zu begreifen. Als er den Kopf drehte, sah er Boone reglos auf dem Teppich liegen. Über ihm der Junge, der ihm die Sachen geklaut hatte. In den Händen hielt Chess einen der gefüllten Kissenbezüge vom Tisch. Als Chess sich den Bezug wie einen Sack über die Schulter warf, hörte Artemus ein Klimpern. Der Mann, der ihn umbringen wollte, hatte die Münzsammlung seines Vaters auf den Schädel bekommen.

24

Als Charlotte und Jordan vorfuhren, war zu ihrem Schrecken die Einfahrt mit Polizeiautos und Krankenwagen verstellt. Ihre Nerven lagen blank, nachdem sie eine Stunde vergeblich nach den verschwundenen Kindern gesucht hatten. Mrs. Svetson hatte abgewinkt und kurzerhand entschieden, daß ein anderer Junge die Sätze von Artie vorlesen sollte.

Was hatte dieses Aufgebot zu bedeuten? Als Jordan verstört aus dem Auto sprang, kam Amber aus dem Haus gerannt. Sie schob sich an den Gaffern vorbei und fiel ihrem Vater um den Hals. »Dad, wir haben die Schule angerufen!« rief sie außer sich. »Die Polizei sucht euch schon, aber...!«

»Wo ist Artie? Ist er da? Ist ihm was passiert?«

Amber nickte. »Er ist da drinnen. Aber es ist nicht Artie, Dad. Ich meine: Doch, es ist Artie. Aber es ist nicht der, den... O Dad, wie soll ich das erklären?«

Charlotte lief schon auf das Haus zu, Jordan und Amber folgten. Ein Polizist fragte Charlotte, ob sie die Mutter wäre. Ohne Antwort schob sie ihn beiseite und stürzte ins Wohnzimmer, wo sich mehrere Sanitäter um einen Jungen auf der Couch drängten. Artie!

Charlotte blieb wie angewurzelt stehen. War das Artie? Natürlich war er das! Aber wie kam es, daß er...?

Der Junge auf der Couch streckte die Arme aus, als er die Eltern sah. »Mom! Dad!«

Charlotte drückte das Gesicht an seine Wange und brach in Tränen aus. »Er glüht ja!«

»Wie es aussieht, leidet er an Verkühlung und Erschöpfung«, sagte ein Sanitäter. »Das entspricht seiner Darstellung.«

»Verkühlung und Erschöpfung? Was zum Teufel geht hier eigentlich vor?«

Der Polizist versuchte eine Erklärung. »Sie hatten hier einen Einbruch. Versuchter Diebstahl. Offenbar hat sich bei Ihnen ein paar Tage lang ein Junge aufgehalten, der fälschlich behauptete, Ihr Sohn zu sein...«

»Fälschlich behauptete? Wovon reden Sie?«

»Es stimmt, Dad«, sagte Amber. »Er sieht genauso aus wie Artie, aber er ist nicht Artie.«

Der Polizist fuhr fort: »Wir haben beide Verdächtigen festgenommen...«

»Wen?« rief Jordan. »Wo sind sie?«

»Die sind jetzt in Gewahrsam. Ich glaube, der Erwachsene wird schon überstellt.«

»Was ist mit dem Jungen? Ich will den Jungen sehen«, forderte Jordan.

»Mr. Holiday, ich möchte Ihnen dringend davon abraten, daß...«

Jordan ließ ihn stehen, rannte hinaus in den Vorgarten und suchte umher, bis er den Streifenwagen gefunden hatte, auf dessen Rücksitz ein elfjähriger Junge saß. Die Blicke der beiden trafen sich. Jordan stand starr und ließ den jammervollen Anblick tief in sich eindringen, bis in ihm etwas Unerklärliches, Verborgenes zu arbeiten begann. Jordan schüttelte fassungslos den Kopf. »Nein«, flüsterte er, »das kann nicht sein...«

Plötzlich packte ihn eine verzweifelte Entschlossenheit. Die Polizei durfte ihn nicht mitnehmen. Sie durften ihn nicht kriegen. Aber als er losrennen wollte, fuhr der Streifenwagen schon an. Zwei Polizisten, die von hinten an ihn herangetreten waren, hielten ihn fest. »Beruhigen Sie sich, Mr. Holiday. Den sind Sie los. Mit dem kann sich jetzt das Jugendgefängnis abplagen.«

»Darf ich nicht mal mit ihm reden?« fragte Jordan bittend.

»Erst mal muß er eingewiesen werden. Später wird es sicher gehen. Vielleicht morgen.«

»Aber ...!« Jordan spürte, daß er zitterte, wie gelähmt vor Entsetzen. Die Beamten ließen ihn los. Er stolperte vorwärts und schaute den Rücklichtern des entschwindenden Streifenwagens nach. »Ich versteh das nicht«, murmelte er. »Ich versteh das nicht.«

Auch die Polizisten verstanden es nicht. Sie hatten keine Ahnung, welche Gefühle das waren, die Jordan Holiday plötzlich befallen hatten.

Auch Jordan nicht.

25

Charlotte saß im St. Mark's Hospital und hielt die Hand ihres Sohnes. Eine gute Stunde schlief er jetzt schon. Sein Gesicht wirkte friedlich und entspannt. Und doch löste dieser Anblick mütterliche Schuldgefühle der schrecklichsten Sorte in ihr aus. Er hätte umkommen können! Vielleicht hätte sie ihn nie wiedergesehen! Wie war es nur möglich, daß sie nichts gemerkt hatte? So viele verdächtige Hinweise, so viele Alarmsignale hatte sie übersehen. Im Rückblick wurde alles klar. Drei ganze Tage hatte sie in die Augen eines fremden Kindes geschaut, und...

Ihre Hände fingen an zu zittern. Jedesmal, wenn sie die Ereignisse der vergangenen Tage zurückrief, wurde sie von einem höchst seltsamen Gefühl überwältigt, das sich aus Wut, Staunen, Verwirrung und Schrecken zusammensetzte. Dazu kam ein innerer Schmerz, der ihr mit jedem Atemzug körperlich spürbar wurde.

Jordan war auch da und lief im Krankenzimmer auf und ab wie ein Tiger im Käfig. Jedesmal, wenn er sich setzte, trieb ihn die Nervosität wieder in die Höhe. Beide waren sie schon die ganze Nacht wach, beide waren sie erschöpft bis zum Umfallen. Amber war im Fernsehzimmer gegenüber eingeschlafen.

Der Himmel vor dem Krankenhausfenster färbte sich rosa. Es war Sonntagmorgen und Heiligabend – ein Heiligabend, den sie sich wahrhaftig anders vorgestellt hatten. Ein paar Tage lang hatten sie geglaubt, die Feierlichkeit und die Freude des Weihnachtsfests wären nach acht langen Jahren der Trauer zu ihnen zurückgekehrt, und nun saß das Wesen, das, wie sie sehr wohl wußten, diesen Umschwung bewirkt hatte, im Jugendgefängnis von Salt Lake City und sah einem ungewissen Schicksal entgegen. Als Jordan daran dachte, befiel ihn diese tiefe Unruhe von neuem.

Er begegnete dem Blick seiner Frau. Sie wollte unbedingt wissen, was ihm durch den Kopf ging. Auch er hätte am liebsten ihre Gedanken gelesen, aber beide brachten sie nicht den Mut auf, die eine Frage laut werden zu lassen, die seit dem vergangenen Abend an ihnen nagte.

Endlich gab sich Charlotte einen Ruck. »Wie ist das nur möglich«, begann sie, »daß ein fremdes Kind … aus einer völlig anderen Umgebung … genauso aussehen kann wie …?« Die Worte blieben ihr im Hals stecken.

Jordan schloß die Augen und schüttelte den Kopf. »Ich weiß es nicht, Charlotte. Ich weiß es nicht. Diese letzten Tage… verschwimmen mir völlig vor den Augen. Es ist alles so unbegreiflich. Und doch…«

Charlotte schaute ihn gespannt an. »Und doch…?«

Jordan druckste und schüttelte wieder den Kopf. »Ich weiß es nicht.«

Kurz nach Sonnenaufgang wurde Artemus aus dem Krankenhaus entlassen. Das Fieber ging allmählich zurück. Der Arzt meinte, daß er erst einmal viel Ruhe brauchte, und empfahl der Familie, es ihm gleichzutun.

Zu Hause wurde Artemus gleich in sein Zimmer gebracht. Kaum lag er in seinem vertrauten Bett, sank er in einen traumlosen Tiefschlaf. Als er nach zahllosen Stunden die Augen aufschlug, fiel sein erster Blick auf den Vater, der neben der Tür im Lehnstuhl saß. Das Kinn war ihm auf die Brust gesunken, und er schlief. Artemus war beglückt. Was konnte man mehr verlangen?

Der Digitalwecker zeigt elf Uhr fünfunddreißig an. Er hatte nur fünf oder sechs Stunden geschlafen und staunte, wieviel Energie in ihm steckte. Wie *lebendig* er sich fühlte!

Er schob die Decke beiseite und stand auf. Draußen vor dem Fenster schneite es. Das trübe Grau des Himmels dämpfte ein wenig seine Stimmung. Nebelhaft stiegen die Bilder der vergangenen Tage in ihm hoch. Er dachte an den anderen, seinen Rivalen, der ihm zuerst im Spiegel bei Nordstrom begegnet war, der seine ganze Familie hinters Licht geführt hatte. Dem er sein Leben verdankte.

Auf einem Kleiderhaufen neben dem Schrank sah er die Hose, die Chess ihm aus der Umkleidekabine gestohlen hatte. Unwillkürlich nahm er die Hose hoch und griff in die Taschen. Er fand seine Brieftasche und schaute nach, ob nichts gestohlen war. Es war alles da: die Eintrittskarten für das Jazzkonzert, das Foto von Candee Reynolds – alle unversehrt. Plötzlich befiel ihn heftige Scham. Welches seiner Besitztümer hätte er denn nicht auf der Stelle hergegeben, um Chess für das zu danken, was er getan hatte?

Er schob die Brieftasche zurück, und dabei streiften seine Finger etwas anderes, was in der Tasche steckte. Er zog ein zusammengefaltetes Stück Papier heraus, das sich wie ein Foto anfühlte. Er klappte es auf. Da waren drei Fotos übereinander. Er studierte die zwei Gestalten, die auf jedem der Bilder wiederkehrten, seine Augen wurden immer größer.

Jordan bewegte sich in seinem Stuhl und schreckte hoch. »Hallo!« sagte er liebevoll zu seinem Sohn. Artemus starrte weiter auf die drei Fotos. »Du siehst schon viel…«

»Dad!« unterbrach ihn Artemus und ging zu ihm. »Wer ist das?«

»Wer ist wer?« Jordan legte ihm den Arm um die Schulter.

Artemus hielt ihm den Fotostreifen hin. »Das hier«, sagte er. »Das Kind bin ich, oder? Aber wer ist die Frau?«

Jordan sah das Bild, kniff die Augen zu und blickte erneut hin. Er riß es Artemus aus der Hand und betrachtete es entgeistert von nahem.

Artemus begriff allmählich. »Das bin nicht ich, das ist *er*. Stimmt's? Selbst damals ...«

Er sah seinen Vater bleich werden. Jordan atmete schwer. »Dad, ist was?« Bekam sein Vater etwa einen Herzanfall? »Dad!«

Jordan stürzte zur Tür. In weiten Sprüngen rannte er die Treppe hinunter und stürmte ins Schlafzimmer. Charlotte, in bleiernen Schlaf versunken, wurde vom Lärm ihres Gatten geweckt. »Charlotte!« schrie er und fuchtelte mit dem Fotostreifen vor ihrer Nase herum. »Das ist sie!«

»Wer?«

»Die Frau in Weiß! Die Frau mit den langen dunklen Haaren!«

Charlotte schüttelte verwirrt den Kopf. Sie war noch nicht ganz bei sich.

»Siehst du nicht? Die Frau auf der Brücke! Ich weiß, daß sie es ist. Ich weiß es!«

Charlotte blickte ihn ungläubig an. Nie hatte sie ihn so euphorisch erlebt. »Was sagst du da?« hauchte sie.

»Ich sage nur, zieh dir die Schuhe an, wir fahren ins Jugendgefängnis. Auf der Stelle!«

Der Lexus raste über den Highway zur Jugendstrafanstalt in der 7th Street West. Charlotte war noch immer benommen. »Das ist acht Jahre her«, erklärte sie. »Wie kannst du dich da so genau erinnern?«

»Sie ist es«, wiederholte Jordan unbeirrt. »Noch nie war ich mir einer Sache so sicher.«

»Was soll das? Was hat das zu bedeuten? Ich verstehe überhaupt nichts!«

»Ich auch nicht«, sagte Jordan. »Aber er weiß es. Er *muß* es wissen!«

Immer wieder starrten sie auf das zerknitterte Foto auf dem Armaturenbrett. Die Frau mit dem langen schwarzen Haar. Der kleine Junge mit den blauen Augen. Wenn sie den ansah, geriet ihr Herz ins Stolpern. Das war ja verrückt! Was erwartete denn Jordan von der ganzen Sache? Was wollte er von dem Jungen hören? Worauf wollte er hinaus?

Als sie ein paar Minuten später ankamen, fanden sie die Haftanstalt geschlossen, was an einem Sonntag und Heiligabend nicht überraschend war. Jordan hatte damit gerechnet. Jedes nur vorstellbare Hindernis hatte er einkalkuliert. Und keins konnte ihn abschrecken. Er fuhr auf den Hof, vorbei an allen Verbotsschildern für Zivilfahrzeuge, und entdeckte eine Sprechanlage am Hintereingang. Er griff sich das Foto und stieg aus. Charlotte wartete, und ihr Herz hämmerte, als Jordan auf die Klingel drückte.

»Hallo?« schnarrte die Sprechanlage.

»Ich muß dringend mit Chess Folsom sprechen. Er ist einer Ihrer – äh – Insassen. Er wurde gestern abend eingeliefert.«

»Das ist der Diensteingang. Sprechzeit ist von acht bis fünf, Montag bis…«

»Ich weiß, ich weiß«, sagte Jordan. »Ich will Sie bitten, eine Ausnahme zu machen. Ich muß unbedingt und ganz dringend mit ihm sprechen!«

»Sind Sie mit ihm verwandt?«

Jordan stutzte. Was sollte er darauf antworten? Na klar! Alles, was ihm die Tür öffnete. »Ja!«

»Chess Folsom? Sie meinen wohl Lawrence Folsom?«

»Wenn er elf Jahre alt ist, ja.«

Nach einer Pause sagte die Sprechanlage: »Moment bitte.« Dann war sie stumm. Nach mehreren quälenden Minuten öffnete sich die Tür, und ein Beamter trat heraus. Charlotte stieg aus dem Auto.

»Wenn Sie Lawrence Folsom sprechen wollen, kann ich Ihnen leider nicht helfen«, sagte der Mann.

Jordan wurde heftig. »Nur fünf Minuten! Ganze fünf Minuten...«

Der Mann schüttelte den Kopf. »Sie verstehen nicht. Lawrence ist nicht mehr hier. Er ist heute um elf Uhr zum Flughafen gebracht worden. Jetzt ist er schon unterwegs nach Florida.«

Jordan blieb die Luft weg. »*Wie bitte?*«

»Ein Beamter aus Jacksonville, Florida, ist heute morgen hiergewesen und hat ihn abgeholt. Ich nehme an, sie hatten den Jungen vorher dort in Verwahrung. Die Staatsanwaltschaft von Florida wollte kein weiteres Risiko eingehen. Wir wurden informiert, daß der Junge Hauptzeuge einer Brandstiftung ist, bei der vor vierzehn Monaten zwei Menschen umgekommen sind. Dringend tatverdächtig ist der Onkel des Jungen. Aber nach den Akten soll er eine Waise sein. Hätten wir gewußt, daß er hier in der Gegend Verwandte hat... Sind Sie sehr nah mit ihm verwandt?«

Jordan schüttelte entmutigt den Kopf, doch in ihm arbeitete es unentwegt. Charlotte musterte ihn bestürzt, sie spürte seine Qual, auch ihre Gedanken wirbelten wild durcheinander.

Verzweifelt stiegen sie ins Auto und fuhren los. Jordan wollte sich verfluchen. Was sollte das alles? Verlor er den Verstand? Seine Augen kehrten zu dem Foto zurück, das vor ihm auf dem Armaturenbrett lag. Die Frau. Der Junge. Das Bild hatte sich schon in seine Netzhaut eingebrannt. Was hatte das zu bedeuten? Wie war das zu erklären?

Charlotte bemerkte, daß sie die Abfahrt vom Highway verpaßt hatten. Sie schaute ihren Mann an. Seine Miene war starr vor Entschlossenheit. Er hatte die Abfahrt nicht übersehen, er fuhr woanders hin. Sie stellte ihm keine Fragen, und bald bereute sie das.

Sie fuhren ans südliche Ende des Tals. Charlottes Herz schlug bis zum Hals, als er in die Abfahrt zur 126th Street South einbog. Diese Straße kannte sie nur zu gut. An der Stelle, wo sie zur Flußniederung hinabführte, fand Jordan den alten Fahrweg wieder, der nur durch eine einsame Reifenspur im Schnee markiert war. Er bremste ab, um den Wagen zu wenden.

»Jordan«, flehte Charlotte, »bitte nicht. Warum machst du das?«

»Es geht nicht anders, Charlotte. Ich muß es sehen.«

Jeder Nerv in ihr war zum Zerreißen gespannt. Sie erstarrte, als der Wagen durch den knöcheltiefen Schnee die unebene Fahrstraße hinabholperte. Ruckelnd und schaukelnd näherte er sich der alten Holzbrücke. Charlotte wußte nicht weiter. Da oben auf der Anhöhe stand noch das Haus. Sie schloß die Augen. Sie wollte nichts mehr sehen. Wie konnte er sie nur hierherbringen? Was war in ihn gefahren?

An der Brücke hielt Jordan. Er griff sich das Foto, stieß energisch die Wagentür auf und stapfte durch den Schnee bis zur Mitte der Brücke. Alle schrecklichen Erinnerungen waren wieder lebendig: Sein kleiner Sohn, der unter dem Eis verschwand, das Echo seiner eigenen Schreie, die Eiseskälte des Wassers, der grenzenlose Schmerz und schließlich die Frau auf der Brücke, die Frau in Weiß mit dem langen schwarzen Haar. Die Frau auf dem Foto.

Charlotte war überzeugt, daß ihr Mann sich in etwas verrannt hatte. Sie öffnete die Tür, sank tief in die Schneewehe am Straßenrand ein und eilte, von einem diffusen Rettungsimpuls getrieben, auf ihn zu. Er stand am Geländer und schaute hinab auf den Fluß. »Jordan, Liebster, *bitte*«, flehte sie unter Tränen.

»Hier war es«, erklärte er und warf einen prüfenden Blick auf das Fotos. »Genau hier stand sie. Da war auch ein Auto, ein heller Kombi, dort, wo unser Auto steht. Sie war hier, Charlotte. Ich bin doch nicht verrückt! Ich weiß, was ich sage!«

Jetzt reichte es ihr. Charlotte ging in die Luft. »Was soll der ganze Unsinn? Es ist doch völlig egal, wen oder was du da gesehen hast! Andrew ist tot, Jordan! Mein Sohn ist *tot*! Sie haben seine Leiche gefunden. Wir haben die Jacke gesehen. Monat für Monat lege ich eine weiße Gardenie auf sein Grab. Wir haben ihn *begraben*, Jordan!«

Jordan blickte sie an, stumm, starr und entmutigt. Er sank auf die Knie und umklammerte die Geländerstäbe.

Charlotte trat hinter ihn. »Er ist nicht mehr«, sagte sie. »Er ist nicht mehr.«

Jordan drückte die Stirn gegen das Brückengeländer und blickte hinab in die Strömung. Charlotte streichelte ihm den Kopf. Schnee und Kälte waren vergessen.

»Aber warum dann?« fragte Jordan verzagt. »Warum ist das alles passiert in den letzten Tagen?«

Charlotte schüttelte gequält den Kopf. »Was können

wir schon wissen? Gibt es jemals eine Antwort auf das Warum?«

Jordan dachte lange nach, dann sagte er mit fester Stimme: »Doch, meine Liebe, es gibt eine Antwort, und Gott kennt sie.«

Charlotte wußte nicht recht, was sie erwidern sollte.

Jordan sprach weiter: »Und was brauchen wir mehr, Charlotte?«

Wie meinte er das? »Ich verstehe nicht«, sagte sie.

»Was brauchen wir mehr, um ... uns zu vergewissern, um dich zu überzeugen?«

Charlotte wich einen Schritt zurück. Mit offenem Mund, besorgt und mitleidend, starrte sie ihn an.

»Die Frau auf der Brücke, die war kein Engel, die war *real*. Wenn da ein Engel war ..., eine Erscheinung ..., eine Illusion, dann war es das Kind, das wir auf dem Friedhof begraben haben.«

Das war zuviel. Das hielten ihre Nerven nicht aus. Warum mußte er sie so quälen? Stolpernd rannte sie ins Auto zurück und schlug die Hände vors Gesicht.

Jordan litt für seine Frau. Er wußte, daß seine blinden Schlüsse ihr das Herz zerrissen. Wenn er sich irrte, war das unverzeihlich. Ein letztes Mal lenkte er den Blick hinab auf das Wasser, das unablässig strömte. Billionen oder Trillionen Tropfen, zum Strom vereint, durchflossen die Brücke. So standen seine Chancen. Eins zu einer Billion. Eins zu einer Trillion. Warum klammerte er sich an diese wahnwitzige Hoffnung? Warum zweifelte er an Tatsachen, an denen nicht zu rütteln war? Durfte er denn die seelische Gesundheit seiner Frau aufs Spiel setzen? Oder die eigene Gesundheit? Und überhaupt: Welchen Sinn hatte das noch? Der Junge war weg. Er war ihnen genommen worden.

Verzagt stieg Jordan ins Auto. Seine Frau brachte es nicht über sich, ihn anzusehen. In drückendem Schweigen fuhren sie nach Hause.

Die Kinder sahen sie kommen. Artemus fühlte sich schon viel besser, er hatte sein Lager auf der Wohnzimmercouch aufgeschlagen. Von einem unerklärlichen Optimismus gepackt, hatten er und die Schwester im Kamin Feuer gemacht und die Christbaumbeleuchtung eingeschaltet. Aber ein Blick auf die Eltern sagte ihnen, daß sich der alte Schleier der Trübsal wieder über das Haus gesenkt hatte.

Jordan und Charlotte sprachen kein Wort, als sie zur Tür hereinkamen. Die Kinder hielten sich zurück und verzichteten auf Fragen. Als Jordan seine Frau berühren wollte, floh sie in die Küche. Töpfeklappernd machte sie sich am Herd zu schaffen, nur um sich abzulenken und dem drohenden Zusammenbruch zu entgehen. Jordan sank in den Sessel, verstört und erschöpft bis an den Rand der Erstarrung.

Artemus näherte sich und fragte behutsam: »Was ... ist denn passiert?«

»Er ist weg«, sagte Jordan geistesabwesend.

»Er ist weg? Und wohin?«

Jordan schüttelte den Kopf. »Ich weiß es nicht.«

Charlotte holte Schüsseln und Küchengeräte aus allen möglichen Schränken und Schubladen, mehr als sie jemals zu Kochen benötigen würde. Jordan schaute ratlos zu. Was sollte er auch sagen? Was konnte er tun? Auch die Kinder stutzten. Noch nie hatten sie ihre Mutter so gesehen.

Charlotte öffnete den Kühlschrank. Als sie nach der Milch griff, hielt sie inne. Im unteren Fach lag etwas, was ihr auffiel. Sie bückte sich und holte ein Geschenkpäckchen hervor, das in dunkelrotes Papier gewickelt und mit einer grünen Schleife versehen war. Verdutzt drehte sie das Päckchen in den Fingern. Jordan merkte, daß etwas nicht stimmte, die Kinder auch. Dann sahen sie das Päckchen.

»Das ist seins«, sagte Amber. »Das Geschenk, das er gekauft hat.«

»Und er hat es in den Kühlschrank gelegt?« fragte Jordan verwundert.

Amber zuckte die Schultern. »Wahrscheinlich. Er sagte, es wäre für uns alle.«

Ein plötzliches Zittern überlief Charlotte. Jordan stand auf. Artemus und Amber folgten ihm zur Küche. Alle standen sie beieinander, als Charlotte die Schachtel behutsam auf den Tisch legte. Mit einem Seitenblick auf Jordan schien sie anzudeuten, daß er das Geschenk öffnen sollte. Mit einem sanften Kopfschütteln lehnte er es ab. Was immer darin war, er hatte das bestimmte Gefühl, daß sie es auspacken mußte.

Charlotte zog vorsichtig die Schleife auf, dann löste sie behutsam den Klebestreifen vom Papier, fast ohne eine Spur zu hinterlassen. Dasselbe auf der anderen Seite. Dann faltete sie das Papier auf und legte den Inhalt frei.

Für einen langen Augenblick standen alle reglos. Keiner atmete. Vor ihnen stand eine Box aus Plexiglas mit fünf leuchtendweißen Gardenienblüten, makellos und rein wie frischgefallener Schnee.

Artemus blickte fassungslos zu den Eltern hoch. »Wie kann das sein? Woher wußte er, daß das Andrews Lieblingsblumen...«

Als sich ihre Blicke trafen, senkte sich die Ahnung, die Jordan und Charlotte nicht mehr voreinander verhehlen konnten, tief in seine Seele ein. Artemus spürte, daß sich etwas in seinem Inneren, das seit seinem dritten Lebensjahr verkümmert und vergessen war, erwärmte und zu pulsieren begann.

Dieses letzte Quentchen hatte den Ausschlag gegeben. Mehr brauchte Charlotte nicht. Ein Jubelschrei wie aus tausend Kehlen ertönte in ihr. Ihr Sohn lebte! Er war am Leben!

Und irgendwo im Nachhall von Raum und Zeit erstanden Bilder eines vergessenen Moments. Eine Frau in einem langen weißen Mantel. Stumm saß sie da an jenem kalten Weihnachtsmorgen, das gequälte Opfer ihrer Illusionen und Selbsttäuschungen, das lange dunkle Haar zerzaust, in den Armen ein Bündel aus Decken. In die Decken gebettet war ein kleines Kind, kalt und leblos. In der Nacht zuvor war das Leben aus dem Kind gewichen, aber die Mutter hielt es noch im Arm. Sie gab sich selbst die Schuld, doch sie hatte das Kind weder mißhandelt noch vernachlässigt. Dreieinhalb Jahre von Schmerzen gepeinigt, war es auf natürliche Weise von seinen Leiden erlöst worden. Die zerstörerischen Drogen, denen die Mutter verfallen war, hatten das Kind mit körperlichen und geistigen Schäden zur Welt kommen lassen, und so gemahnte es die Mutter ständig an ihre Sünden. Trotzdem hatte sie das Kind geliebt, so sehr, wie es ihr vergönnt war, doch nicht genug, um von der Sucht loszukommen. Nach der Geburt des Kindes verfiel sie der Droge nur noch mehr. Und beim Tod des Kindes, der sich auf ihrer Heimfahrt nach Florida ereignete, war ihr Realitätssinn bereits zerstört.

Verfolgt von paranoiden Ängsten war sie überzeugt, man würde sie für immer einsperren, wenn man das tote Kind entdeckte, sie in ein dunkles Verlies werfen, dem sie nie wieder entkommen würde. In ihrer Umnachtung beschloß sie an einem Fluß in Utah, das Kind den Fluten zu übergeben.

Am Weihnachtsmorgen stand ihr Auto an jener Brücke, sie saß da, wiegte ihr totes Kind in den Armen und verfluchte den Himmel, daß er ihrer verworfenen Seele jemals Leben eingehaucht hatte. Als sie ans Ufer gehen wollte, um den kleinen Leichnam ins eisige Wasser zu stoßen, wurde sie durch einen Vorfall abgelenkt. Ein kleines Stück flußaufwärts sah sie einen Mann mit heftig rudernden Armen im Wasser treiben. Sie stieg aus und ging auf die Brücke, während sich der Mann in den Ästen eines umgestürzten Baumes verfing. Welche Sünden und Verbrechen hatte wohl dieser Mann begangen, dachte sie, daß er in eine so verzweifelte Lage geriet? Aber sicher war es nichts, was sie irgend etwas anging.

Dann entdeckte sie etwas, was sie noch viel mehr erstaunte. Kurz vor der Brücke, dicht am verschneiten Ufer, lag ein kleiner Junge im Wasser. Einen Moment lang glaubte sie an eine Halluzination, einen visionären Vorgriff auf die Tat, die sie gerade begehen wollte, doch dann stockte ihr Atem. Das Kind bewegte sich! Es lebte!

Sie kletterte hinab ans Ufer, barg das ohnmächtige, halberfrorene Kind aus dem Wasser und trug es atemlos ins Auto. Sie drehte die Heizung auf und wärmte es unter ihrem Mantel, während das Bündel mit ihrem toten Kind auf dem Beifahrersitz lag.

Bleib am Leben! schrie es in ihr. Bitte bleib am Leben! Meinem eigenen Kind kann ich nicht mehr helfen, aber vielleicht ... vielleicht ...

Sie spürte den flachen Atem des Kindes. War denn das möglich? Hatte der Himmel beschlossen, ihr die Seele des Kindes zurückzusenden? Sollte sie noch eine letzte Chance bekommen? Natürlich! Es konnte keinen Zweifel geben. Wie ihren ersten Sohn würde sie auch diesen nennen: Lawrence.

Als die trauernden Eltern im nachfolgenden März die Überreste ihres ertrunkenen Kindes identifizieren sollten, begnügten sie sich mit dem Anblick der schlammverkrusteten Lederjacke, die Andrew an jenem verhängnisvollen Morgen getragen hatte – ein Kleidungsstück, das eine tief verstörte Frau im hilflosen Bemühen, ihre Spuren zu verwischen, in den Fluß geworfen hatte.

Den genauen Ablauf des Geschehens, in dessen Folge der Sohn der Holidays in die Hände einer fremden Frau gelangte, würde man nie erfahren. Die Frau, die ihn aus dem eisigen Wasser zog, lag auf einem Friedhof in Tallahassee, Florida, begraben. Aber waren solche Details noch von Bedeutung?

Ja, die Chance war eins zu einer Billion gewesen, eins zu einer Trillion. Doch was vermochte das Gesetz der Wahrscheinlichkeit gegen den Willen Gottes? Genauso unwahrscheinlich mochte es jedem Sterblichen erscheinen, daß sich ein kleines Kind, geboren vor zweitausend Jahren, eines Tages opfern würde, um die Menschheit zu erlösen.

Jordan rief seinen Anwalt an, der gerade in San Diego Ferien machte, und beauftragte ihn, sofort mit der Suche nach seinem Sohn und der Aufklärung der Wahrheit zu beginnen. Als am Heiligen Abend die Sonne unterging, saß die Holiday-Familie auf den letzten freien Plätzen des Delta-Jets nach Florida; bei Sonnenaufgang hielt ihr Mietwagen vor dem Tor des Jugendgefängnisses von Jacksonville.

Zusammengedrängt warteten sie im Besucherzentrum, daß Chess am Ende des langen, dunklen Gangs auftauchte. Ihre Herzen pochten vor Erregung. Endlich öffnete sich die Tür, und ein Schatten zeigte sich. Seine Schritte waren unsicher, seine Augen blinzelten geblendet, als wäre er aus der tiefsten Dunkelheit in strahlendes Licht eingetreten. Als sein Blick auf die unter Tränen lächelnde Familie fiel, blieb er bestürzt stehen. Was wollten sie von ihm? Hatten sie diese weite Reise gemacht, um ihre ganze Wut auf ihn loszulassen?

»Ich versteh's nicht«, sagte er leise. »Warum seid ihr gekommen?«

»Wir sind gekommen«, sagte Jordan, »um Weihnachten bei dir zu sein.«

»Und ich dachte...«, die Stimme blieb ihm im Hals stecken. »Ich dachte, ihr wolltet mich nie wieder sehen.«

Jordan lachte innerlich über diese groteske Verkennung. »O nein, Chess, wir haben dich viel, viel zu lange vermißt!«

Charlotte ging auf Chess zu und blickte ihm tief in die blaßblauen Augen. Im selben Moment schrumpften die Jahre zusammen, und ihr war, als wäre zwischen dem Jetzt und dem Augenblick, da sie ihm das letzte Mal liebevoll in die Augen geblickt hatte, keine einzige Sekunde vergangen. Dann schloß sie ihn fest in die Arme.

Als Artemus an der Reihe war, seinen Bruder zu umarmen, erkannte er in Chess endlich den Gefährten wieder, mit dem er einst herumgetollt, gespielt und die Welt entdeckt hatte – eine Welt, die sie nun wieder gemeinsam für sich erobern konnten.

Chess begriff nur allmählich, daß sein Leben in diesem Moment eine neue Wendung nahm. Als er das ganze Ausmaß der Wahrheit erfaßt hatte, strömten ihm die Tränen unaufhaltsam über das Gesicht. Der Traum, den er nicht mehr zu träumen gewagt hatte, war am Ende doch noch wahr geworden.

Noch gab es viele Ecken und Kanten in seinem Leben, aber sein Vater, seine Mutter, sein Bruder und seine Schwester würden ihm helfen, die Spuren seiner Vergangenheit zu bewältigen. Irgendwann würde das Ermittlungsverfahren alle Tatsachen klarstellen. Doch im Moment brauchten sie nichts dergleichen, um eines der denkwürdigsten Weihnachtsfeste zu begehen, von denen die Menschheit Kunde hat.

Ganz gleich, welche Überraschungen das Leben für die Familie von Jordan und Charlotte Holiday noch bereithielt, auf ihre Weihnachtsfeste würde nie wieder ein Schatten fallen. Sie würden feiern, was sich von Anbeginn mit diesem Fest verband: Die Hoffnung inmitten der Verzweiflung, das Leben im Angesicht des Todes, das Licht in der undurchdringlichen Dunkelheit. Fortan würde jedes Weihnachtsfest mit einem prachtvollen Sonnenaufgang beginnen.

Und für Andrew Chess Holiday würde sich die tiefste Gewißheit damit verbinden, daß über allem die Gestalt mit den ausgestreckten Armen wachte, der Vater des Himmels und der Erde, der sicher nicht lange warten würde, seine Wunder weiter mit vollen Händen auszuteilen.